# CONTOS MODERNOS EM TEMPO DE PAZ

EDITORA EME

Solicite nosso catálogo completo, com mais de 300 títulos, onde você encontra as melhores opções do bom livro espírita: literatura infantojuvenil, contos, obras biográficas e de autoajuda, mensagens espirituais, romances palpitantes, estudos doutrinários, obras básicas de Allan Kardec, e mais os esclarecedores cursos e estudos para aplicação no centro espírita - iniciação, mediunidade, reuniões mediúnicas, oratória, desobsessão, fluidos e passes.

E caso não encontre os nossos livros na livraria de sua preferência, solicite o endereço de nosso distribuidor mais próximo de você.

*Edição e distribuição*

**EDITORA EME**

Caixa Postal 1820 - CEP 13360-000 - Capivari - SP
Telefones: (19) 3491-7000/3491-5449
vendas@editoraeme.com.br - www.editoraeme.com.br

DONIZETE PINHEIRO

# CONTOS MODERNOS EM TEMPO DE PAZ

Capivari - SP
- 2012 -

A Editora EME mantém o Centro Espírita "Mensagem de Esperança", colabora na manutenção da Comunidade Psicossomática Nova Consciência (clínica espírita masculina para tratamento da dependência química), e patrocina, junto com outras empresas, a Central de Educação e Atendimento da Criança (Casa da Criança), em Capivari-SP.

1ª reimpressão – Editora EME – março/2013 – 3.001 ao 4.500 exemplares

CAPA | André Stenico
DIAGRAMAÇÃO E REVISÃO | Editora EME

Ficha catalográfica elaborada na editora

Pinheiro, Donizete
Tempo de paz / Donizete Pinheiro - 1ª reimp. mar. 2013 - Capivari, SP : Editora EME.
200 p.

1ª edição : dez. 2012
ISBN 978-85-7353-497-9

1. Conduta de vida. 2. Felicidade. 3. Paz.

CDD 133.9

# SUMÁRIO

# ESCLARECIMENTOS

NO ANO DE 2001, fui convidado por Jonas Bonassa, proprietário de rádios em Adamantina, para criar e apresentar um programa de mensagens positivas.

Disse-lhe que sabia de um esquema pronto da Federação Espírita do Paraná, denominado "Momento Espírita", com ótimo texto e aprimorada apresentação.

No entanto, Jonas argumentou que gostaria que a mensagem fosse apresentada por alguém conhecido na região e que pensara em mim por ser juiz de direito na comarca há 12 anos.

Acabei aceitando esse verdadeiro desafio, uma vez que nunca antes havia feito algo parecido. Seria uma grande oportunidade de aprendizado.

Assim, aproveitando o formato daquele programa do Paraná, elaborei os primeiros textos e, em setembro do mesmo ano, demos início ao programa "Tempo de Paz", levado ao ar às sextas-feiras.

Eram mensagens com duração máxima de cinco minutos, sempre iniciando com uma pequena história, citação ou texto filosófico, alguns criados por mim, mas a maioria recolhida em livros ou na internet, não tendo, porém, todos os nomes dos autores. Tenho certeza que estes me perdoarão a falta, considerando a boa causa.

Todos ficamos surpresos com a receptividade do público. Os comentários incentivaram o prosseguimento do trabalho.

No primeiro ano, tendo em vista as solicitações de cópias e de reprise, Jonas Bonassa conseguiu junto à Fai-Faculdades Adamantinenses Integradas o patrocínio de um CD com alguns programas.

Em 2004 fizemos uma publicação caseira deste livro, e agora a Editora EME se propôs, gentilmente, a fazer uma edição própria e lhe dar maior divulgação, entendendo mais apropriado o título *Contos modernos em tempo de paz*.

Ficarei feliz e realizado se você aproveitar o seu conteúdo e de alguma forma encontrar em sua vida um pouco de paz, a mesma paz que Jesus nos oferece.

O autor

# Fale conosco!!!

Fale conosco!!!

Queremos saber sua opinião sobre o livro: ______________________

______________________ (favor mencionar o nome do livro)

# A PAZ

A COISA QUE MAIS queremos nesta vida é a paz. E, por incrível que pareça, permanecemos na guerra. Tem guerra em vários pontos deste nosso planeta. Aqui no Brasil, há também uma guerra. É a violência dos crimes e das drogas, dos acidentes de trânsito e a miséria social, que mata mais gente do que qualquer guerra de metralhadoras e bombas.

Mas também temos a guerra pessoal do ser humano contra o ser humano, especialmente a que acontece dentro das casas, nas brigas de marido e mulher, pais e filhos e entre irmãos. Parece que está muito difícil a convivência entre as pessoas.

No Fórum se percebe muito bem isso. As pessoas não conseguem resolver pacificamente os seus problemas e buscam na Justiça os seus direitos, travando em campo neutro suas batalhas.

De outro lado, o desemprego e a falta de dinheiro complicam a situação. As mercadorias estão mais caras, o aluguel subiu, mas o salário continua o mesmo. Os problemas econômicos do país também são nossos e estão tirando a nossa tranquilidade. Se não bastasse, ficamos indignados com os desmandos de alguns políticos poderosos e com a injustiça social, já que poucos têm muito e muitos têm pouco.

Basta se abrir o jornal e ligar o rádio ou a televisão para se ficar sabendo dos conflitos que todos estão vivendo.

Isso já é o bastante para tirar o sono de qualquer um, acabar com a paz que tanto queremos. E muitos se levantam todos os dias cheios de preocupações, não sabendo como resolver os seus problemas. Mas será que tem solução? Claro que tem, mas não cai do céu.

Acho muito interessante aquela história do jornalista que precisava escrever um artigo, mas não conseguia porque os filhos pequenos brincavam ao seu redor; então, para acalmá-los, deu a eles um grande quebra-cabeça do mapa do mundo e os mandou para uma outra sala; não demorou muito e os filhos lá estavam de volta; o jornalista espantou-se, já que o quebra-cabeça era difícil; os filhos disseram que foi fácil montá-lo, porque no verso havia a figura de um homem; o jornalista, surpreso com a inteligente solução dos filhos, escreveu então um dos seus melhores artigos: como se poderia melhorar o mundo, melhorando, antes, o homem.

Outro dia conversei com alguém que reclamava que tudo para ele era difícil e que muitos outros eram felizes, sem maiores atropelos e dores; que a sorte dele era cruel e tinha problemas que não acabavam. Estava desanimado, vivia a reclamar da vida e a revolta começava a se instalar no seu coração. Tinha perdido a paz.

E quantas pessoas estão nessa mesma situação! Para essas pessoas, a nossa sugestão.

Ficar sempre reclamando é perder tempo e atormentar o próximo, que já tem também seus problemas. Se a gente não para de se queixar, os outros vão se cansar e se afastar de nós. É claro que podemos procurar ajuda, mas com as pessoas certas e nas horas certas, de modo a encontrarmos a solução. O melhor, então, é silenciar e orar, buscando a inspiração divina, para que as portas se abram à nossa frente.

E não se pode pensar que felicidade ou infelicidade na Terra é questão de sorte ou de azar. A justiça de Deus é perfeita e Ele está sempre dando a cada um segundo as suas próprias obras. Nós é que traçamos o nosso destino a cada dia. E por isso temos em nossas mãos as condições de alterá--lo para melhor. Tudo que se consegue resulta de trabalho, esforço, dedicação e perseverança. Dificuldades e problemas não são castigos de Deus. São oportunidades que Ele nos concede para que possamos amadurecer e crescer na direção do amor e da paz. E quando conquistarmos a paz, ninguém poderá tirá-la de nós. Não importa o que as pessoas nos façam ou quais sejam os acontecimentos.

Devemos confiar na Justiça de Deus e seguir pelo caminho do bem, ainda que os outros se entreguem à desonestidade, à corrupção e à violência. Disso depende a paz de nossa consciência, o deitar todas as noites e poder dormir. Sem dúvida que a Justiça dos homens é imperfeita; que muitos criminosos conseguem fugir à sua ação e, sorridentes, gozam os prazeres mundanos. Mas, com certeza, ninguém se furtara à prestação de contas com Deus, nesta ou em outras vidas.

Também devemos confiar na misericórdia divina. Após a tempestade da noite, surge o novo dia. Não há mal que dure para sempre. Se uma porta se fechar, outra se abrirá, oferecendo-nos melhores condições de trabalho e realização. E o que hoje nos parece prejudicial, amanhã reconheceremos os benefícios para a nossa alma. Perseveremos no bem, que o tempo se encarregará de nos dar os frutos saborosos do nosso trabalho e sacrifício.

Renovemos, pois, os nossos pensamentos na compreensão da verdade, na tolerância para com o próximo, na fé em Deus, e teremos no coração a paz indestrutível, capaz de sustentar a alegria e o bom ânimo em todos os momentos de nossa vida.

# PERDÃO

DOIS AMIGOS, Nagib e Mussa, viajavam pelas estradas da Pérsia. Ao atravessarem um grande rio, Mussa escorregou numa pedra e ia sendo levado pelas águas, mas Nagib o salvou do afogamento. Então, Mussa chamou um de seus servos e mandou gravar numa pedra a seguinte inscrição: "Viajante, aqui neste lugar, durante uma jornada, Nagib salvou, heroicamente, seu amigo Mussa".

Muito tempo depois, os dois passaram novamente por ali, e sentaram-se ao lado da pedra para descansar. Por uma razão qualquer, começaram a discutir e Nagib deu uma bofetada no amigo. Mussa levantou-se calmo, pegou o bastão e escreveu na areia: "Viajante, aqui neste lugar, durante uma jornada, por motivo fútil, Nagib ofendeu gravemente o seu amigo Mussa".

Um dos acompanhantes quis saber o porquê de uma inscrição feita na pedra e outra na areia. Então Mussa explicou:

– É que o benefício que recebi de Nagib permanecerá para sempre em meu coração. Mas a ofensa... essa negra ofensa... escrevo-a na areia, com um voto para que, se depressa daqui se apagar e desaparecer, mais depressa ainda desapareça e se apague de minha lembrança!

...

Assim também devemos agir em relação ao que recebemos das pessoas. As coisas boas que nos fazem devem ser guardadas para sempre em nossos corações, lembradas constantemente, em atitude de gratidão. Será que já nos demos conta de como somos agraciados na vida pelas ações bondosas do próximo? O cuidado dos pais, a dedicação dos professores, a companhia dos amigos; o que temos recebido de Deus: a vida, a saúde, a inteligência, as oportunidades de trabalho, são bênçãos que nem sempre paramos para agradecer. Demonstrar gratidão e reconhecimento é um gesto de humildade, que aproxima cada vez mais as criaturas e as eleva até Deus.

Mas, se o bem recebido deve ficar gravado em pedra, para que o tempo não nos faça esquecer, as ofensas e agressões precisam ser levadas pelo tempo e esquecidas. Quem se sentiu ofendido e ainda não conseguiu perdoar, conserva na alma o fogo do ódio, da mágoa e do ressentimento. Consome-se a cada dia, pois o mal recebido ressurge a cada lembrança e faz sofrer novamente. Volta à mente o ocorrido e o coração outra vez bate acelerado, dá aquela dor no estômago, as mãos gelam e as lágrimas transbordam molhando o rosto. Um sentimento de revolta e raiva toma conta da mente.

Nem sempre sabemos lidar com o ódio que carregamos. Se também temos uma personalidade agressiva, partimos para a vingança, agredimos e matamos. Muitos processos criminais decididos na Justiça decorrem justamente disso. Os réus não conseguiram simplesmente escrever o fato na areia e revidaram a agressão, e alguns mataram o ofensor. O homem ainda pensa que não pode levar desaforo para casa; que deve pagar o mal com o mal. E quantos sofrem depois, arrependidos! Certo dia interroguei um preso. Ofendido pela vítima, deu-lhe um tiro no peito. Estava arrependido e chorou na minha frente. Ao condenado por homicídio doloso se reserva a pena de prisão. Esse será sempre o resultado da vingança. Se não a cadeia física, mas a cadeia moral do remorso, que é muito pior.

Outras pessoas ofendidas não são capazes da vingança física, mas partem para a maledicência e guardam o ódio e o ressentimento em seus corações, o que acaba por lhes provocar problemas emocionais e físicos, inclusive o câncer.

Em todos os casos, são pessoas atormentadas, intranquilas e, portanto, sofredoras.

Por tudo isso, em nosso próprio benefício, devemos compreender e perdoar aqueles que nos ofendem. Aliás, nós mesmos também não ofendemos e igualmente precisamos do perdão do próximo?

Não foi por acaso que Jesus nos recomendou perdoar setenta vezes sete vezes. O perdão é indispensável para a nossa felicidade e para um mundo melhor.

# FÉ

UM CERTO HOMEM saiu em uma viagem de avião. Era um homem que acreditava em Deus e sabia que Ele o protegeria. Durante a viagem, quando sobrevoavam o mar, um dos motores falhou e o piloto teve que descer no oceano. Quase todos morreram, mas o homem sobreviveu agarrando-se a alguma coisa que o conservou em cima da água. Ficou boiando e foi levado a uma ilha não habitada.

Ali, o homem agradeceu a Deus por ter se livrado da morte. Conseguiu fazer uma casinha com galhos de árvores e folhas, para se proteger do mau tempo e dos animais. À noite, outra vez agradeceu a Deus, porque se sentia protegido.

Todas as manhãs, saía para pescar e sempre voltava agradecido, porque a pesca era farta e com isso podia se alimentar e sobreviver, enquanto aguardava que alguém aparecesse para lhe socorrer.

Certo dia, porém, ao retornar da pesca, teve grande decepção. Sua casinha estava toda queimada. Caiu em desespero e, chorando, disse:

– Deus! Como é que o Senhor podia deixar isso acontecer comigo? O Senhor sabe que aqui eu precisava muito dessa casa para me abrigar, e o Senhor deixou que ela se queimasse todinha! Deus, o Senhor não tem compaixão de mim?

Nesse momento, alguém lhe tocou no ombro e ele ouviu uma voz dizendo:

– Vamos embora, rapaz!

Ele se virou e, surpreso, viu ali um marinheiro:

– Mas como é possível? Como souberam que eu estava aqui?

– Ora, amigo – disse o marinheiro –, vimos os sinais de fumaça pedindo socorro, e o capitão mandou parar o navio e ordenou que eu viesse com um barco para buscá-lo.

...

Essa história dá bem uma ideia de como costuma ser a nossa fé, a nossa confiança em Deus. Quando tudo nos é favorável e acontece como esperamos, somos reconhecidos à bondade de Deus e reiteramos a nossa fé em louvores e agradecimentos.

Basta, porém, que um acontecimento contrarie a nossa vontade para que nos revoltemos e nos sintamos abandonados. E aquela confiança que aparentava ser forte, agora duvida da justiça e do amor divinos. Nessa hora, parecemos crianças que gritam, choram e esperneiam porque os pais não atendem aos seus desejos de brincar na rua ou de comprar qualquer brinquedo.

Mas será que Deus é como um pai humano, que pode errar ou mudar de atitude em relação a nós a qualquer momento? Que tem preferências por alguns filhos, livrando uns da morte em acidentes, e outros não; que dá saúde a alguns e doença e sofrimento para outros; que ajuda um time de futebol a ganhar e torce contra o adversário?

Ora, em verdade, somos nós que não compreendemos a ação de Deus. Ele é imutável e comanda o Universo por leis também imutáveis, as quais ninguém pode violar. Tudo está certo, porque Deus, inteligência suprema e perfeita, não iria permitir que alguma coisa ou alguém quebrasse a harmonia de sua obra. O que parece o mal, é apenas uma fase do aprendizado do ser humano, para que possa desenvolver a sua inteligência e os seus sentimentos, e isso foi previsto por Ele.

Analisemos as nossas próprias vidas e veremos como é verdade.

Um conhecido nosso foi surpreendido pelo câncer. Revoltou-se e ficou desesperado. Por que logo comigo? – perguntava-se ele. Foi submetido a cirurgia e internado para tratamento. No hospital, teve oportunidade de conviver com outros doentes em piores condições. Admitiu, depois, para mim, que aquela experiência dolorosa fez com que percebesse o quanto era orgulhoso, que todos somos iguais, e que ele estava distante das pessoas e de Deus.

Deus sabe o que faz. Não devemos nunca blasfemar

quando a nossa casa "queimar", porque a fumaça produzida pode ser o sinal de socorro para alguém nos livrar da ilha de sofrimento e solidão em que nos encontramos. Não nos esqueçamos, porém, que se Deus faz a parte d'Ele, nós devemos fazer a nossa, confiando sempre e sempre trabalhando no bem.

# CRÍTICAS

ERA UMA VEZ UMA CORRIDA de sapinhos. Eles tinham que subir uma grande torre. Atrás havia uma multidão, muita gente para torcer por eles.

Começou a competição. A multidão dizia:

– Não vão conseguir, não vão conseguir!

E os sapinhos iam desistindo, um por um.

A multidão continuava:

–Vocês não vão conseguir, vocês não vão conseguir!

E os sapinhos iam desistindo, um por um, menos um que subia tranquilo.

Ao final da competição, todos desistiram, menos aquele.

Todo mundo queria saber o que aconteceu. Quando foram perguntar ao sapinho como ele conseguiu chegar até o fim, ficaram sabendo que ele era SURDO!!! – nada conseguia ouvir.

...

Assim também é um pouco a nossa sociedade. Quando estamos querendo vencer na vida, nos esforçando para superar as dificuldades, lutando contra os problemas, uma multidão de pessoas está ali torcendo para que não consigamos.

E por que agem assim? Porque ainda são pessoas frágeis, inseguras e medrosas. Não tendo coragem de lutar para vencer, acomodam-se na sua pequenez e nas suas limitações. São infelizes, mas não têm forças para melhorar. Invejam os vencedores, mas como não podem melhorar, não querem se sentir sozinhas. Preferem, então, criticar e desestimular, pensando em fazê-los iguais a si próprias.

Mas os lutadores, que não se permitem ser hoje a mesma criatura preguiçosa de ontem, que querem construir uma sociedade melhor, mais justa e boa, não podem se deixar contaminar e desestimular pelas críticas dos fracos e ignorantes. Devem se fazer de surdos, como o sapinho, e seguir adiante.

A humanidade alcançou o progresso atual graças ao trabalho de homens destemidos, que não se importaram com as críticas que lhes eram lançadas pelos opositores.

Sócrates, que renovou o pensamento filosófico, foi condenado a beber veneno, acusado de corromper a juventude com novas ideias. Jesus renovou o coração do homem, mas, porque pregava a tolerância e a igualdade entre todos, foi levado à cruz. Galileu e Isaac Newton avançaram na ciência e foram combatidos pelos conservadores e aproveitadores da ignorância. Mahatma Gandhi, que ensinou a resistência pacífica ao mal e à opressão, foi preso e assassinado pelos que pretendiam manter o domínio sobre seu povo.

Não convém que percamos tempo com os que não querem melhorar. Há ainda muito bem a ser feito na Terra e Deus nos convida a ser cocriadores deste nosso mundo. Estendamos a essas criaturas um olhar de compreensão e misericórdia, porque no fundo são infelizes. Aproveitemos as pedras que nos atiram para construir uma muralha de paciência, resignação e tolerância, que nos protegerão a alma contra o ódio e o desejo de vingança, que em verdade só retardariam o nosso passo e dariam combustível aos nossos opositores.

O mal não merece nossa atenção. Façamos o bem e o mal desaparecerá por consequência, assim como as trevas da noite se vão com o simples despontar da luz do sol.

Sigamos, pois, corajosos e serenos, confiantes em Deus, sabendo que o tempo se encarregará de coroar os nossos esforços no Bem.

E se você ainda faz parte da multidão que grita criticando os lutadores, queremos dizer que Deus lhe aguarda a decisão de abandonar esse vício infeliz e também lhe reserva as bênçãos de felicidade do trabalho honroso.

Luta contra esse mal que lhe impede o crescimento. Silencia a palavra, quando não possa contribuir para a construção de coisas boas. Não fique feliz com a desgraça alheia e nem infeliz com a vitória do próximo.

Ore, rogando forças para a vitória, e o mundo se renovará aos seus olhos, mostrando-lhe que você também é filho do Amor. Venha conosco, vamos juntos mudar este mundo para melhor.

# CUIDADOS COM A VIDA

ELE ERA UM VELHO CARPINTEIRO. Estava cansado e queria se aposentar. Procurou o seu chefe e falou a ele que pretendia parar o serviço de construção de casas para ficar mais tempo com a sua família e ter uma vida mais calma.

O dono da construtora ficou triste ao saber que perderia um dos seus melhores empregados, mas pediu ao carpinteiro que fizesse uma última casa, como um favor especial.

O carpinteiro concordou, mas aos poucos era fácil ver que seus pensamentos não estavam mais no trabalho. Não se dedicou como antes, não teve o mesmo cuidado e também usou mão de obra e material de qualidade inferior. Foi uma maneira lamentável de encerrar a sua carreira. A casa ficou de má qualidade.

Quando o patrão foi ver a casa terminada, entregou ao carpinteiro as chaves da casa e lhe disse:

– Tome, essa casa é um presente para você.

Que choque levou o carpinteiro. Que vergonha. Se soubesse que estava construindo a própria casa, a teria feito melhor, não teria relaxado. Agora, iria morar numa casa feita de qualquer maneira.

...

A nossa vida é a nossa casa, e nós somos o carpinteiro que a construímos. Muitas vezes fazemos como o velho trabalhador cansado. Não nos empenhamos como deveríamos para que a obra ao final seja considerada de boa qualidade.

No nosso serviço, que é o meio pelo qual conseguimos o dinheiro necessário para sustentar a família, não nos esforçamos para fazer o que devemos, com atenção e responsabilidade. Achamos que o salário é pouco e, por isso, matamos o tempo, não nos interessamos em aprender mais e nem mesmo chegamos a cumprir o que é o nosso dever. A nossa maior preocupação é o que fazer quando chegarem as férias e também aguentar até a aposentadoria, quando então poderemos só gozar a vida, pescar, jogar baralho, assistir aos filmes e novelas na televisão.

Na família, a esposa ou o marido deve estar sempre à nossa disposição, atendendo às nossas necessidades, e não desconfiamos que o outro também tem suas necessidades e seus desejos. E os filhos, então, ai deles se não seguirem à risca as nossas ordens e agirem exatamente como nós queremos. Somos capazes de dar marteladas verbais e físicas em todos, destruindo-lhes a alegria e a esperança.

O próximo é para nós indiferente, ou um obstáculo à nossa felicidade. O mundo é dos espertos e precisamos cuidar de nós mesmos. Depois, se sobrar tempo e se não der trabalho, quem sabe possamos fazer alguma coisa pelo outro.

E a religião? Ora, religião é coisa de velho, que não pode fazer outras coisas. Afinal, vivemos apenas uma vida e precisamos aproveitá-la intensamente, e não ficarmos arranjando mais problemas e compromissos.

E assim vamos construindo a nossa casa. Erguendo-a em areia fofa, sem alicerces, usando os tijolos da irresponsabilidade, o cimento do egoísmo, a tinta da indiferença. Mas, ao final da construção, vem o patrão, que é Deus, e nos entrega essa mesma casa para morar. E, então, chocados, somos obrigados a nela viver, sempre inseguros, tímidos e medrosos, porque, a qualquer momento, a chuva e o vento poderão derrubá-la.

Ninguém poderá morar em casa alheia. Nossa vida é obra nossa pessoal. Cada atitude é um tijolo que assentamos para erguer suas paredes. Em cada dia, construímos uma parte dela. As pessoas que nos rodeiam são os nossos vizinhos, que também serão afetados pela nossa casa.

Por isso, sejamos sempre construtores zelosos. Levantemos a nossa morada no solo firme da responsabilidade. Façamos um alicerce sólido, com material de boa qualidade, como a honestidade, a tolerância e a bondade; e empreguemos a mão de obra superior do esforço próprio, da disciplina e da perseverança no Bem.

Com certeza, agraciados por esse presente que o patrão divino nos concederá, permaneceremos confiantes de que o mau tempo não conseguirá derrubar a nossa casa, e nela viveremos felizes para sempre.

# ALEGRIA

ELA ERA UMA FAMOSA ATRIZ de televisão. Alcançara o sucesso e tinha muitas atividades, as quais ocupavam o seu dia quase por inteiro. Só conseguia ver o marido e a filha pequena à noite, quando retornava ao lar já cansada e sem ânimo para conversar. A pequena filha, muito esperta e inteligente, sentia a falta da mãe.

Certo dia, durante o jantar, a pequena olha atenta para a mãe e diz:

– Mãe, por que quando está em casa você está sempre assim de cara triste?

– Ah!, minha filha – respondeu a atriz –, é que trabalho bastante e fico muito cansada.

– Mas, mãe – retrucou a menina –, por que na televisão você está sempre sorrindo?

– Ora, filha, na televisão eu sou paga para sorrir.

– Então, mãe, quanto você quer ganhar para sorrir em casa?

...

Sem dúvida, não é fácil conservarmos a alegria e estarmos sempre sorrindo, considerando os muitos problemas que enfrentamos todos os dias.

E o que está em nossa alma normalmente se estampa em nosso rosto. Qualquer um pode perceber quando não estamos bem. Os olhos embaçados, a testa franzida, os lábios apertados, a cabeça sempre baixa, evidenciam que algo está errado conosco. Difícil disfarçar. Muitas vezes, somos obrigados a um grande esforço para demonstrar bem-estar. Em outras vezes, como no caso da atriz da nossa história, somos pagos para sorrir e demonstrar alegria. Em casa, porém, onde nos sentimos mais à vontade, tiramos o sorriso do rosto e revelamos a amargura da alma, como se os familiares fossem obrigados a nos suportar.

Contudo, será que vale a pena cultivarmos a tristeza e a cara amarrada? Não, não vale. A nossa tristeza em hipótese alguma resolverá os nossos problemas. Na verdade, só vai piorar a situação, porque aumentará o nosso desânimo e enfraquecerá as nossas forças. O tempo que perdemos chorando e lamentando pode ser utilizado na busca de soluções e de pessoas que nos ajudem a sair do problema. Podemos buscar a religião e orar, fortalecendo a nossa fé em Deus e n'Ele encontrando a inspiração e a fortaleza moral para as horas difíceis.

As pessoas não gostam de conviver com alguém que só vive para baixo, triste e reclamando. Se elas se propõem a nos ajudar, mas nós não fazemos esforço para levantar o astral, parecendo gostar de sofrer, elas se afastam de nós. Vamos, pois, renovar os nossos pensamentos na confiança e na esperança, sabendo que tudo passa, que somos capazes de superar as dificuldades e que seremos vencedores. Então, sentiremos a alegria retornar ao nosso coração e um sorriso de felicidade brilhará em nosso rosto.

Acreditemos no poder da alegria e do sorriso. A alegria não afasta os problemas, mas fortalece a pessoa e lhe dá bom ânimo, facilitando a vitória. Ela preenche e sustenta a alma por longos períodos, tornando a vida mais plena e feliz. Expressemos a nossa alegria nas palavras gentis, nos gestos delicados e carinhosos, sendo bons para com todos. A alegria é sempre generosa, contagiando a todos e estimulando as pessoas a também prosseguirem nas suas próprias lutas. Com a alegria, conquistamos amigos e todos gostam de ficar perto de nós.

E o sorriso, então!

Como disse um desconhecido, "não custa nada, mas vale muito. Enriquece quem o recebe, sem empobrecer quem o dá. Dura somente um instante, mas seus efeitos perduram para sempre. Ninguém é tão rico que dele não precise. Ninguém é tão pobre que não o possa dar. É alento para os desanimados. É repouso para os cansados. É raio de sol para os tristes e conforto aos desesperados. O sorriso não tem preço, não se vende e nem se compra. Simplesmente se doa. E não há ninguém que precise tanto de um sorriso, como aquele que não sabe mais sorrir."

Por isso, nos dias de hoje, quando as pessoas vivem tão estressadas e depressivas, vamos sorrir, mostrando a nossa confiança, a nossa gratidão a Deus por tantas bênçãos que Ele tem nos concedido.

# PLANO DE DEUS

QUANDO ERA PEQUENO, minha mãe costurava muito. Eu me sentava perto dela e lhe perguntava o que estava fazendo. Ela me respondia que estava bordando. Eu observava seu trabalho de uma posição mais baixa de onde ela estava sentada e lhe dizia que, de onde eu estava, o que ela fazia me parecia muito confuso.

Ela sorria, olhava para baixo e gentilmente dizia:

– Filho, saia um pouco para brincar. Quando eu terminar meu bordado lhe chamarei e lhe colocarei sentado em meu colo e você poderá ver o bordado da minha posição.

Perguntava-me por que ela usava alguns fios de cores escuras e por que me pareciam tão desordenados de onde eu estava. Minutos mais tarde, escutava-a chamando-me:

– Filho, vem e senta em meu colo.

Eu o fazia de imediato e me surpreendia e emocionava ao

ver a formosa flor e o belo entardecer no bordado. Não podia crer: de baixo parecia tão confuso. Então, minha mãe dizia:

– Filho, de baixo para cima você via confuso e desordenado, porém, não lhe ocorria que no plano acima havia um desenho; eu só o estava seguindo! Agora, vendo-o da minha posição, você sabe o que eu estava fazendo.

Muitas vezes, ao longo dos anos, tenho olhado para o céu e dito:

– Pai, o que estais fazendo?

Ele responde:

– Estou bordando tua vida.

E eu lhe replico:

– Mas, está tudo tão confuso; em desordem. Os fios parecem tão escuros. Por que não são mais brilhantes ?

O Pai parece dizer-me:

– Meu filho, preocupe-se com o teu trabalho... e Eu farei o Meu. Um dia, você estará aqui comigo no céu e eu te colocarei no meu colo, e então verás o plano, da Minha posição.

...

A nossa vida muitas vezes parece confusa. Buscamos a saúde, mas nos deparamos com doenças que nos afligem e fazem sofrer. Médicos, hospitais e remédios passam então a ser constantes. Algumas vezes recuperamos a saúde, mas outras vezes carregamos sequelas ou somos levados pela morte de volta ao mundo espiritual. Queremos a paz, mas ao nosso redor encontramos criaturas acostumadas a resolver seus problemas com a violência. Procuramos ser um bom empregado, honesto e trabalhador, mas de repente estamos desempregados e não conseguimos nova colocação. As dívidas assumidas já não podem ser honradas. Tudo ao nosso redor é o caos.

Não raro, nos revoltamos e pensamos em desviar para o caminho do mal, da desonestidade. Outras vezes, passa-nos pela cabeça que não vale a pena continuar vivendo, que seria melhor acabar logo com a vida. Ledo engano, visto que morte é vida, e simples mudança de plano.

A nossa revolta, porém, se dá porque olhamos a vida por baixo. Nossa visão voltada quase sempre para coisas humanas, centrada nos interesses materiais, não nos permite compreender o verdadeiro motivo do que acontece conosco. É para nós difícil entender a razão do sofrimento, da miséria, da violência, da guerra, da morte e das diferenças sociais.

Mas Deus é perfeito. Tem um plano geral do Universo e da vida que rege a humanidade. Ele o conhece bem. Olha tudo por cima e tem suas razões para permitir que passemos pelas experiências aqui na Terra. Para nós as coisas parecem confusas, mas para Ele tudo está certo, previsto e controlado.

Quando crescermos em virtudes e d'Ele nos aproximarmos, então compreenderemos as suas razões. Por ora, cabe-nos a resignação ativa e o trabalho permanente, para melhorarmos tudo aquilo que está dentro das nossas possibilidades. Confiemos nisso, pois Deus está fazendo perfeitamente a parte d'Ele.

# OPÇÕES

HOJE LEVANTEI CEDO pensando no que tenho a fazer antes que o relógio marque meia noite. É minha função escolher que tipo de dia vou ter hoje. Posso reclamar por estar chovendo ou agradecer às águas por lavarem a poluição. Posso ficar triste por não ter dinheiro ou me sentir encorajado para administrar minhas finanças, evitando o desperdício. Posso reclamar sobre minha saúde ou dar graças por estar vivo. Posso me queixar dos meus pais por não terem me dado tudo o que eu queria ou posso ser grato por ter nascido. Posso reclamar por ter que ir trabalhar ou agradecer por ter trabalho. Posso sentir tédio com o trabalho doméstico ou agradecer a Deus. Posso lamentar decepções com amigos ou me entusiasmar com a possibilidade de fazer novas amizades.

Se as coisas não saíram como planejei, posso ficar feliz por ter o dia de hoje para recomeçar. O dia está na minha frente esperando para ser o que eu quiser. E aqui estou eu, o escultor que pode dar forma. Tudo depende só de mim.

Sorria, mas não se esconda atrás desse sorriso. Mostre aquilo que você é. Sem medo. Existem pessoas que sonham. Viva! Tente! Felicidade é o resultado dessa tentativa. Ame acima de tudo. Ame a tudo e a todos. Disso depende a felicidade completa. Faça aquilo que você gosta. Corra apenas para dentro de você. Sinta o que há dentro de você. Sonhe, mas não transforme esse sonho em fuga. Descubra aquilo de bom que existe dentro de você.

Procure o que há de bom em tudo e em todos. Chore! Lute! Acredite! Espere! Sempre deve haver uma esperança. Sempre brilhará uma estrela. Procure acima de tudo ser gente. Eu também vou tentar.

...

Esse pensamento que acabamos de apresentar é do extraordinário Charles Chaplin. Aquele que imortalizou o mendigo com seu chapéu de coco, os grandes sapatos e a bengala, nos tempos do cinema mudo. Assim como ele, outros grandes homens conseguiram entender o verdadeiro sentido da vida e vencer, exatamente porque cultivaram o otimismo e não se deixaram abater pelas dificuldades.

O destino e a nossa felicidade, em verdade, não se encontram nas mãos dos outros. Deus concedeu-nos o livre-arbítrio, para que, na liberdade de escolher os nossos caminhos, sejamos merecedores das conquistas sublimadas, assim como responsáveis pelos enganos cometidos.

Frente aos problemas que aparecem na nossa vida, temos a opção de desanimar e entristecer. Essa é a mais comum, porque é a mais fácil. Nada mais precisamos fazer do que ficarmos jogados num canto a lamentar a nossa condição de vítimas do destino, como se Deus tivesse se esquecido de nós.

A outra opção é a da luta, a mais difícil, porque exige de nós o esforço, o trabalho, a perseverança. Mas essa é a escolha certa. Porque a lei que rege a vida é a da semeadura. Somente se colhe aquilo que se planta. E plantar significa arar o solo, adubar a terra, lançar a semente, cuidar da planta, e só depois vem a colheita. Se não for assim, não há aprendizado e nem crescimento.

O dia de hoje é o mais importante da nossa vida. É o tempo certo para a construção da nossa felicidade presente e futura. Por essa razão, devemos aproveitar todos os minutos para viver com intensidade, significando viver para o nosso crescimento intelectual e moral. Não deixe que este dia passe em vão. Enquanto dormíamos, o sol já se preparava para nos aquecer, o vento limpava a natureza, as flores se abriam em perfume e cor, os pássaros voavam em alegre cantoria e muitos outros homens passaram a noite trabalhando para que tivéssemos uma noite tranquila.

Assim, Deus nos oferece o dia de hoje como uma grande dádiva, e por isso é que ele se chama presente. Mas o que vamos fazer dele é opção nossa. Façamos tudo de tal modo que, ao findar do dia, quando colocarmos a cabeça no travesseiro, possamos dormir o sono dos justos e dos pacíficos.

# os NOSSOS PROBLEMAS

CERTO HOMEM CONTRATOU um carpinteiro para ajudar a arrumar algumas coisas na sua fazenda. O primeiro dia do carpinteiro foi bem difícil. O pneu do seu carro furou, fazendo com que ele deixasse de ganhar uma hora de trabalho; sua serra elétrica quebrou e nela ele cortou o dedo; e, ainda mais, no final do dia, o seu carro não funcionou.

O homem que contratou o carpinteiro ofereceu-lhe uma carona para casa, e durante o caminho o carpinteiro nada falou. Quando chegaram em casa, o carpinteiro convidou o homem para entrar e conhecer sua família. Quando os dois homens estavam se encaminhando para a porta da frente, o carpinteiro parou junto a uma pequena árvore e gentilmente tocou as pontas dos galhos com as duas mãos.

Depois de abrir a porta da sua casa, o carpinteiro transformou-se. Os traços tensos do seu rosto transformaram-se em um grande sorriso e ele abraçou seus filhos e beijou sua esposa. Um pouco mais tarde, o carpinteiro acompanhou sua visita até o carro. Assim que eles passaram pela árvore, o homem perguntou por que ele havia tocado na planta antes de entrar em casa.

– Ah! esta é minha planta dos problemas – disse o carpinteiro. Eu sei que não posso evitar ter problemas no meu trabalho, mas estes problemas não devem chegar até meus filhos e minha esposa. Então, todas as noites, eu deixo os meus problemas nesta árvore quando chego em casa, e os pego no dia seguinte. E você quer saber de uma coisa? Toda manhã, quando eu volto para buscar os meus problemas, eles não são nem metade do que eu me lembro de ter deixado na noite anterior.

...

De fato, os problemas em nossas vidas são inevitáveis, pois decorrem da nossa condição ainda inferior. Diríamos até que eles são necessários. Ao enfrentá-los, vamos desenvolvendo a nossa inteligência e a nossa capacidade de amar. Ao contrário de fugirmos das dificuldades, devemos recebê-las como oportunidades que a vida está nos oferecendo para o nosso crescimento espiritual. O progresso tecnológico e social que os seres humanos já alcançaram se deve aos esforços e às lutas travadas contra as adversidades do meio ambiente. Do contrário, ainda estaríamos na era pré-histórica, vivendo como homens das cavernas.

À medida em que vamos amadurecendo, aprendemos a enfrentar e resolver os problemas sem arranjar outros, muitas vezes piores. Algumas pessoas com dívidas decidem-se pela desonestidade, apropriando-se do dinheiro alheio. Outras, com conflitos em casa, preferem abandonar a família ou se entregam aos vícios, sem falar naquelas que matam ou se suicidam. A solução deve ser sempre adequada ao bem e à verdade. Honestidade, perseverança, paciência, coragem e fé são os instrumentos certos.

Os nossos problemas não devem ser transferidos para outras pessoas, pois do contrário não tiraremos vantagem alguma, não teremos o mérito do esforço empregado. Não obstante, podemos e devemos buscar aconselhamento e orientação com os mais experientes, pois é justamente para isso que nos encontramos vivendo em sociedade.

No entanto, recomenda o bom-senso que silenciemos as nossas queixas quando quem nos ouve não nos pode ajudar, pois acabaremos sendo aconselhados de maneira errada.

E manda a caridade que não atormentemos o nosso próximo, aumentando-lhe as preocupações, já que todos têm os seus problemas. E os mais próximos de nós são exatamente os nossos familiares, nosso cônjuge, nossos filhos.

Muitas vezes, aflitos com os problemas do trabalho, retornamos para casa tristes, nervosos, de cenho fechado e acabamos descarregando toda nossa irritação nos filhos ou na companheira, justamente as pessoas que amamos e que nos amam. O lar, então, que deve ser um ambiente de paz e refazimento, transformа-se num ambiente de guerra, agravando os problemas.

Como o carpinteiro de nossa história, coloquemos os nossos problemas de fora em qualquer lugar, antes de voltarmos para casa. No outro dia, refeitos pelo amor e pelo carinho dos familiares, estaremos mais fortes para solucionar os problemas, se ainda existirem.

# ORAÇÃO

EXISTIA UM HOMEM que todos os dias ia a uma igreja, mas ficava apenas poucos minutos. O religioso responsável pelo local achava impressionante como ele era rápido em sua oração. Um dia resolveu perguntar:

– O que você faz todos os dias aqui?

Ele respondeu:

– Oro.

– Mas o que você fala para Jesus?

– Oi, Jesus, é o Zé que chegou.

Passando o tempo, o Zé ficou muito doente e, como não tinha família, ficou num local onde irmãs religiosas cuidavam dele. Os doentes que chegavam perto do Zé sempre se alegravam e até se curavam. As irmãs, surpresas, perguntaram ao Zé:

– Zé, como você consegue trazer tanta alegria para as pessoas e até mesmo fazer milagres?

Ele respondeu:

– Eu não. O homem que me visita é que faz isso.

A irmã estranhou e achou que o Zé estava ficando louco, pois ficava ao seu lado todos os dias e nunca vinha ninguém visitá-lo. Então a irmã perguntou:

– Quem é que vem te visitar que nunca vejo?

Ele respondeu:

– Ele senta todos os dias ao meu lado e diz: "Oi, Zé, é Jesus que chegou".

...

Muitas pessoas se encontram distantes de Deus. Não acreditam n'Ele, ou, se acreditam, não têm o hábito de orar e de frequentar os templos religiosos. Vivem tão impressionados com as coisas da Terra que se esquecem que por trás de tudo isso existe um Ser Supremo, a quem podemos e devemos nos socorrer nas lutas diárias.

Até pouco tempo, a oração era considerada um ato místico, de pura fé. Hoje, já existem pesquisas médicas, americanas e brasileiras, demonstrando o valor positivo da oração no tratamento de doenças. Essas pesquisas evidenciaram que as pessoas que se dedicam à oração se recuperam mais depressa das doenças e têm sobrevida maior que a dos descrentes. É que a oração favorece a confiança, o otimismo e a alegria, fortalecendo as defesas do corpo e mantendo a mente em equilíbrio. Além disso, com certeza, ao orarmos atraímos almas boas que vêm em nosso socorro, em nome de Deus.

Mas não se faz necessário orar muito ou ficar repetindo

e repetindo preces decoradas. Mais importante é o nosso pensamento sincero e bom, com o qual atrairemos as bênçãos de Deus. Jesus recriminou os fariseus, que rezavam para aparecer, e valorizou a prece recolhida, aquela que se faz no silêncio do coração.

E para orar precisamos de sabedoria. Não convém pedir a Deus para que nos dê as coisas da Terra, que devem ser fruto do nosso trabalho, mas sim rogar-lhe as forças necessárias para suportarmos e vencermos todas as experiências da nossa vida.

Certo religioso de uma vila foi até a zona rural e disse ao lavrador:

–Venha, Antonio, vamos orar!

E o lavrador respondeu:

– Agora não posso, estou arando.

O religioso, como que iluminado pelo Senhor, compreendeu que o trabalho honesto é uma forma de oração.

Não é por muito orarmos que seremos atendidos por Deus, mas sim pelas obras no bem que fazemos como instrumentos do Seu amor, com a fé fervorosa e sábia sabendo que Ele sempre estará ao nosso lado nos dizendo: "Oi, não se esqueça que Eu estou aqui!"

# ANSIEDADE

Aonde vais apressada?
Querida alma no mundo;
Não tens mais tempo pra nada,
Precisas de tempo pra tudo.
Segues rápida pelo caminho,
Mente fixa em alvo certo,
E nem vês quem está por perto
Esperando o teu carinho.
Susta o passo enquanto pode
E o mal em ti não eclode
Impedindo-te de prosseguir.
Repara que o sol, lentamente,
Surge no céu, seguidamente,
Apenas para nos servir.

...

Essa nossa poesia chama-se agitação. Ela nos convida a refletir sobre as ansiedades dos tempos modernos. Tantas informações e convites nos chegam todos os dias e somos tentados a querer fazer de tudo e ter todas as coisas.

A propaganda capitalista nos faz crer que os seus produtos são indispensáveis à nossa felicidade. E, então, trabalhamos demais ou nos divertimos demais, sem encontrarmos um meio termo, o equilíbrio, para que de fato possamos ser felizes.

Viver na Terra é uma importante experiência para a alma. Não podemos desprezá-la, pensando que assim estaremos ganhando o céu, mas igualmente não podemos considerá-la a nossa morada definitiva.

Não é pecado desejar dinheiro e alguns bens materiais, que podem ser alcançados com o trabalho honesto. Mas as coisas devem servir ao homem, auxiliá-lo a conquistar as virtudes da alma, que são o seu verdadeiro patrimônio. No entanto, é comum nos tornarmos escravos dos bens conquistados. Para ter o que queremos, corremos atrás dos melhores empregos e trabalhamos como loucos. E depois que alcançamos estabilidade e fortuna, continuamos a trabalhar sem descanso, para não perder o que foi conquistado com suor.

Achamos que fazemos isso pelo bem da nossa família, para que tenha conforto e segurança. Mas, normalmente, é a nossa própria família quem acaba sendo prejudicada. Falta-nos tempo para ouvir a mulher falar sobre o seu dia e suas preocupações, para passar mais tempo juntos, como se fazia na época de namoro; agora, são palavras rápidas, porque durante o dia estamos apressados e à noite estamos cansados demais para conversar. E não acompanhamos o crescimento dos filhos, não os orientamos, não participamos de suas brincadeiras e de suas atividades escolares; quando nos damos conta, os filhos já cresceram e nem desfrutamos de momentos felizes com eles.

Os bens da Terra não são nossos. São empréstimos de Deus, para que os administremos para o bem e a felicidade, nossa e da sociedade. Tanto é que os patrimônios quase sempre estão mudando de mãos. Não são poucos os casos de pessoas ricas e poderosas que algum tempo depois estão falidas e necessitadas até mesmo do amparo do próximo. Também, muitas vezes, depois de tantas lutas e vitórias materiais, eis que somos surpreendidos pela doença ou pela morte de pessoas queridas, causando-nos um sofrimento que dinheiro algum do mundo consegue acabar.

Não vale, pois, o exagero de preocupação com os bens materiais. Breve é a nossa estadia no corpo. Quando retornarmos ao mundo espiritual, eles não seguirão conosco. Na nossa bagagem levaremos apenas os nossos sentimentos e valores intelectuais, bem como o amor ou ódio das pessoas que cativamos ou ofendemos.

Cristãos que somos, queremos aqui relembrar uma das mais belas palavras de Jesus, que ainda se mostram atuais:

"Olhai para as aves do céu, que não semeiam, nem ceifam, nem fazem provimentos nos celeiros; e, contudo, vosso

Pai celestial as sustenta. Porventura não sois muito mais do que elas? E por que andais vós solícitos pelo vestido? Considerai como crescem os lírios do campo; eles não trabalham nem fiam; digo-vos mais, que nem Salomão, em toda a sua glória, se cobriu jamais como um destes. Pois se ao feno do campo, que hoje é, e amanhã é lançado no forno, Deus veste assim, quanto mais a vós, homens de pouca fé? Não vos aflijais, dizendo: Que comeremos, ou que beberemos, ou com que nos cobriremos? Porque os gentios é que se cansam por estas coisas. Porquanto vosso Pai sabe que tendes necessidade de todas elas. Buscai primeiramente o Reino de Deus e a Sua justiça, e todas essas coisas se vos acrescentarão. E assim não andeis inquietos pelo dia de amanhã. Porque o dia de amanhã a si mesmo trará seu cuidado; ao dia basta a sua própria aflição."

# PACIÊNCIA

O TRÂNSITO ESTAVA UM CAOS e José ficou no engarrafamento. Buzinou, buzinou, buzinou até que João, do carro da frente, desceu e reclamou. José também desceu. Trocaram palavrões. José, descontrolado, sacou o revólver e matou João, que deixou viúva e três filhos pequenos. José, preso logo em seguida, foi condenado a cumprir seis anos de cadeia por homicídio e deixou passando necessidades a mulher e seus três filhos pequenos. Cinco minutos depois da briga, o trânsito ficara livre e todos os demais motoristas puderam voltar para o aconchego de suas casas e de suas famílias.

...

Fatos como esse são comuns nos noticiários dos jornais e da televisão. O corre-corre das grandes cidades, onde se amontoam seres humanos e máquinas, tem atormentado demais as pessoas. A necessidade de fazer cada vez mais coisas, em ritmo alucinante, provoca angústias e aflições sem fim, acarretando doenças como o estresse, a depressão, gastrites e muitas outras, abarrotando os consultórios médicos e psicológicos. Nunca se consumiu tantos remédios como nos dias atuais.

Para que não sejamos alcançados por esse mal, convém treinarmos a nossa paciência, que é a virtude que sabe esperar, tolerar e compreender. Nossas virtudes não são presentes que caem dos céus. São fortalezas morais que construímos pouco a pouco, no enfrentamento das pequenas contrariedades do dia a dia. Poderíamos dizer que paciência é a ciência da paz. Paz que fazemos interior e exteriormente, contribuindo para a harmonia do local onde vivemos.

E como podemos treinar a nossa paciência? Comecemos pelos contratempos de dentro de casa, que normalmente são motivos para gritos e reclamações. O almoço que se atrasa, o enfeite que é quebrado, o objeto que foi colocado fora do lugar, o quarto desarrumado, o filho que chega tarde, tudo isso são exemplos de problemas que serão melhor contornados se lançarmos mão do silêncio, para só voltarmos ao assunto quando estivermos mais calmos. Normalmente, depois de uma reflexão mais calma, nos damos conta de que o fato não era tão grave quanto achávamos. A fila do banco ou do cinema, o trânsito difícil, são experiências importantes para desenvolvermos a paciência.

A paciência permite à criatura viver tranquila e serenamente, na alegria ou no sofrimento. Na alegria, evita o desperdício, a euforia e as ansiedades. Os momentos felizes são aproveitados integralmente. No sofrimento, acalma e conduz à resignação, permitindo que analisemos o problema com equilíbrio e encontremos a solução recomendada pelo bom-senso.

Assim, com a paciência, não ficamos desesperados, não nos revoltamos e nem reclamamos contra as pessoas e contra Deus. Se pessoas ignorantes não nos entendem, permanecemos serenos e tentamos encontrar um meio de esclarecê-las. Se alguém nos agride, não revidamos, procurando compreender e ensinar. E se nós mesmos não conseguimos fazer alguma coisa, mantemos a calma e repetimos a lição, até aprender a fazer certo. É fácil perceber, portanto, que a paciência é ingrediente indispensável para a nossa felicidade.

André Luiz, que é uma alma boa, costuma ensinar o seguinte:

"Se você está no ponto de estourar mentalmente, silencie alguns instantes para pensar.

Se o motivo é moléstia no próprio corpo, a intranquilidade traz o pior. Se a razão é enfermidade em pessoa querida, o seu desajuste é fator agravante.

Se você sofreu prejuízos materiais, a reclamação é bomba atrasada, lançando caso novo. Se perdeu alguma afeição, a queixa tornará você uma pessoa menos simpática, junto de seus amigos. Se deixou alguma oportunidade valiosa para trás, a inquietação é desperdício de tempo.

Se contrariedades aparecem, o ato de esbravejar afastará

de você o concurso espontâneo. Se você praticou um erro, o desespero é porta aberta para faltas maiores. Se você não atingiu o que desejava, a impaciência fará mais larga distância entre você e o objetivo a alcançar.

Seja qual for a dificuldade, conserve a calma, trabalhando, porque, em todo problema, a serenidade é o teto da alma, pedindo o serviço por solução!"

# AMIZADE

CONTA-SE QUE NA GUERRA do Vietnã um orfanato foi atingido por um bombardeio, matando os missionários responsáveis, duas crianças e deixando várias feridas gravemente. Entre os feridos havia uma menina de 8 anos, considerada em pior estado. Para socorrê-los, foram ao local um médico e uma enfermeira da Marinha dos Estados Unidos.

Eles perceberam logo que a menina precisaria de urgente transfusão de sangue, ou morreria. Resolveram reunir as crianças e, fazendo gestos e falando com muita dificuldade o idioma, tentaram explicar o que estava acontecendo e pediram um voluntário para doar o sangue. Depois de um grande silêncio, um menino magrinho chamado Heng levantou o braço. Ele logo foi preparado ao lado da menina e espetaram uma agulha em sua veia.

O menino se mantinha quieto, olhar fixo no teto.

Passados alguns minutos ele começou a soluçar e tapou o rosto com a outra mão. O médico perguntou-lhe se estava doendo, e ele respondeu que não. Mas em seguida, o menino começou a chorar baixinho e o médico percebeu que algo estava errado.

Nesse momento surgiu uma enfermeira da aldeia e o médico lhe pediu para saber com Heng o que estava acontecendo. A enfermeira, carinhosamente, começou a conversar com o menino e aos poucos ele foi se acalmando. A enfermeira, então, explicou aos americanos que Heng havia entendido que ia dar todo o seu sangue para a menina não morrer.

Surpreso, o médico, com a ajuda da enfermeira, perguntou a Heng:

– Mas se era assim, por que você se ofereceu para doar o seu sangue?

E o menino respondeu, simplesmente:

– Ela é minha amiga!

...

Como é bom ter amigos! Sem eles, do que valeria a vida? Os bens, o dinheiro e o poder podem ser úteis para a nossa vida na Terra, mas não nos preenchem o vazio espiritual, não nos oferecem braços acolhedores quando choramos, não nos ouvem as queixas, não compartilham as nossas alegrias e nem nos ajudam a crescer. Somos seres sociais, necessitamos estar uns com os outros, permutando experiências, carinho e afeto.

O amor é o sentimento na sua expressão mais sublime, capaz de se manifestar mesmo não sendo amado ou compreendido. Já a amizade é um sentimento que se permuta, uma via de dupla mão. Tem que ter afinidade, sintonia e proporcionar bem-estar e paz, alegria e bom ânimo para os amigos. Se nosso sentimento não é correspondido, então ele deve ser outro, por exemplo, caridade, respeito, gratidão ou piedade.

Amizade não é algo que se compre pronto. É como uma plantinha que nasce e precisa ser cuidada. É sempre fruto de longa convivência, em várias experiências, no trabalho comum, nas dificuldades da vida.

Vejamos alguns requisitos que identificam os nossos verdadeiros amigos, conforme anotei:

A amizade é lealdade, mas que não significa concordância com o erro. A verdadeira amizade é sempre um sentimento nobre, voltado para as realizações superiores da alma, e portanto não se deixa arrastar para os vícios, para o sexo promíscuo ou para os crimes.

A amizade é dedicação, apoio nas horas difíceis de dores e fracassos, e renúncia muitas vezes. É o ombro amigo, a paciência de ouvir e o socorro possível, sem lamentação ou reprovação incabível, mas orientação oportuna. Também é prazer de compartilhar as alegrias e os sucessos, felicitando-se com a felicidade do outro. É sinceridade e franqueza, para elogiar ou discordar.

A confiança é essencial, pois a mentira e o engodo

provocam na amizade feridas profundas, que só o tempo pode curar, depois do arrependimento e das muitas provas de renovação.

Mas a amizade também é capaz de perdoar e permitir uma reaproximação, agora em novas condições.

Se você tem amigos já pode se considerar feliz. Agradeça a Deus e os conserve.

# BOAS PALAVRAS

PEDRO ERA UM HOMEM BOM. Como pedreiro, trabalhava na construção de um grande prédio. Quando estava quase pronto, o construtor pediu a Pedro que gritasse algumas palavras, para que testassem a acústica do auditório de palestras. Pedro pensou um pouco e gritou:

– Confia em Deus!

– Outra vez – pediu o construtor.

E Pedro repetiu:

– Confia em Deus!

Nesse momento, pela porta dos fundos, surge um homem com um revólver na mão e pergunta:

– Quem foi que gritou: "Confia em Deus"?

Pedro, apesar de assustado, confirmou que tinha sido ele.

O homem, então, se aproximou de Pedro e lhe disse:

– Obrigado, meu amigo, eu estava com a arma na cabeça

para me matar quando ouvi alguém gritando para confiar em Deus. Pareceu-me que era um anjo falando em nome do Senhor. Eu perdi meu emprego e fui abandonado pela mulher, que me deixou dois filhos pequenos para cuidar. Desesperado por não conseguir trabalho e comida, deixei meus filhos com o vizinho e ia dar cabo de minha vida. Mas, agora, acho que vou tentar mais um pouco.

O construtor, apiedado da situação do homem, acabou por lhe dar um emprego. Todos ficaram felizes, especialmente Pedro, porque, sem querer, salvou uma vida.

...

Não seria difícil imaginarmos quais as consequências se Pedro, ao invés de gritar "confia em Deus", tivesse dito algo como: "a vida não vale a pena" ou "a vida é uma porcaria". O homem, certamente, vendo confirmada a sua própria impressão sobre a vida, teria apertado o gatilho e se matado.

A palavra é uma bênção de Deus para os seres humanos, para que possamos expressar os nossos pensamentos e desejos de forma mais clara. A inteligência permitiu ao homem as mais variadas formas de expressão e a palavra falada é a mais fácil e rápida de todas elas. Mas ainda não aprendemos a usá-la com dignidade e respeito, gastando muito tempo jogando conversa fora e, o que é pior, usando as palavras para ofender, maldizer, mentir, humilhar e gerar pessimismo.

Se observarmos o conteúdo das nossas conversas diárias, perceberemos que mais da metade pode ser substituída pelo silêncio. É a crítica negativa à conduta alheia; a piada de mau gosto; os palavrões; as últimas fofocas sobre a situação do fulano ou da sicrana; as reclamações contra o tempo; os comentários incessantes sobre os maus acontecimentos, como tragédias, falências, mortes e doenças.

Nossas palavras têm mais poder do que podemos imaginar. Pessoas mais frágeis emocionalmente acabam sendo envolvidas e se desequilibram, mantendo-se pessimistas com relação à vida, e muitas vezes adoecendo.

A boca fala do que o coração está cheio. A palavra infeliz, portanto, é a expressão de um coração também infeliz, revoltado, amargurado, enfim, de um coração envenenado, necessitado de tratamento.

Diante disso, renovemos o nosso hábito de falar, para que nossas palavras sejam alegres e construtivas, voltadas sempre para o bem.

Sócrates, o sábio da antiga Grécia, recomendava que as palavras deveriam passar sempre pelos crivos da utilidade, da necessidade e da verdade.

Com esse critério, acostumemo-nos a abrir a boca para destacar o que seja positivo e bom; e quando compelidos a falar sobre o erro, que o façamos amorosamente e apenas quando seja possível contribuir para a sua erradicação.

***

*(A história de abertura é adaptação de texto do espírito Hilário Silva, psicografia de Francisco Cândido Xavier, inserido no livro* A vida escreve.*)*

# CIÚMES

CONTA-SE QUE CERTA menina havia encontrado uma amiga de verdade. A amizade passou a ser para ela muito importante. Entretanto, a menina era de natureza exclusivista e se sentia violentamente enciumada sempre que a amiga manifestava interesse por alguma outra coisa ou pessoa que não era do seu agrado.

A mãe compreendeu o que estava ocorrendo. Um dia, chamou a filha para ver uma ninhada de pintinhos que havia acabado de sair do ovo. A menina ficou encantada, pois os pintinhos pareciam feitos de suave veludo cor de ouro. Entusiasmada, a menina colheu um deles na mão, mas o apertou com tanta força que por pouco não o sufocou. O pintinho, naturalmente, lutou para escapar até que, desvencilhando-se, correu para longe.

A mãe notou o desapontamento da menina e disse:

– Pegue um outro, mas procure segurá-lo suavemente. Se você o prender com muita força, por instinto ele vai querer fugir.

A menina fez uma segunda tentativa e o pintinho aninhou-se quietinho na palma de sua mão. Ela ficou muito feliz e sorriu para a mãe.

E a mãe então lhe disse:

– Sabe, meu bem, as pessoas, neste mundo, são como esses pintinhos. Quando agarramos com muita força aqueles que amamos, tentando aprisioná-los em nossas mãos, eles, naturalmente, não se sentem bem. E lutam por readquirir a liberdade, como fez o primeiro pintinho que você pegou. Mas se os colocarmos na palma da mão, sem fechar os dedos, de modo que sintam apenas nosso calor, percebem logo que não desejamos aprisioná-los, pelo contrário, apenas aquecê-los com um pouco de nós mesmos, sem a pretensão de exigir-lhes nada. Foi o que sucedeu com o segundo pintinho.

A menina ficou muito impressionada e guardou a lição.

...

No nosso estágio evolutivo, ter um pouco de ciúme é natural. Sua presença nos relacionamentos pode parecer cuidado e proteção.

Em verdade, o ciúme revela a nossa insegurança, o medo de perder o afeto da pessoa querida, gerando, quando descontrolado, doentia desconfiança e loucura. Precisamos exercer férrea disciplina e não permitir que esse sentimento se transforme num monstro que devore a nossa felicidade e a felicidade da pessoa que amamos.

Não se trata de um amor puro, mas manchado pelo sentimento de posse, de domínio, o mesmo que temos em relação às coisas, às plantas e aos animais.

Qualquer um, como fez o pintinho de nossa história, quando se sente aprisionado grita e luta tentando escapar. Somos criaturas que ansiamos por liberdade e reagimos contra qualquer atitude de escravidão.

Mas a sociedade está repleta de casos de cônjuges que não permitem ao companheiro ou companheira o direito de ter vida própria, de pensar por si, de ter trabalho, atividades sociais e mesmo de ter seus próprios amigos.

O mesmo se diga em relação a pais e mães que dominam seus filhos de tal maneira que impedem que cresçam e sejam seguros e independentes. Não falamos, é claro, da disciplina e formação moral que os pais devem oferecer aos filhos, mas dos exageros, que transformam pais em tiranos.

Uma pessoa dominada é uma pessoa infeliz e revoltada. De que vale então termos ao nosso lado alguém que, embora se submeta a nós, não nos ama? Que só espera uma oportunidade qualquer para se ver livre de nós? Ninguém é de ninguém. Somos todos filhos de Deus, que quer que nos respeitemos e nos ajudemos uns aos outros a encontrar a própria felicidade, ainda que não seja ao nosso lado.

Portanto, se quisermos que alguém nos ame e se sinta

feliz ao nosso lado, devemos dar a ela o direito de ser o que é, para que ela também possa nos permitir ser o que desejamos ser.

***

*(A história de abertura é contada por Wallace L. Rodrigues)*

# SOCORRO DE DEUS

CERTO CAMINHEIRO SOLITÁRIO seguia, com fome, à margem do rio. Nervoso e impaciente, ia censurando a tudo e a todos, por achar-se em penúria. Caminhava devagar, quando viu algo na estrada chamando-lhe a atenção.

Era uma cédula de dinheiro! Abaixou-se e colheu o achado. Uma nota de cem reais, enrolada e manchada. Contudo, para surpresa sua, era somente a metade da cédula, que, apesar de nova, fora inexplicavelmente cortada. Ainda mais irritado, amassou o papel valioso e atirou-o à correnteza do rio, blasfemando.

Deu mais alguns passos à frente, seguindo pela mesma estrada, quando surpreendeu outro fragmento de papel no solo. Inclinou-se de novo e o apanhou.

Era a outra metade da cédula que, enervado e contrafeito, havia projetado nas águas. O vento separara as duas partes; ele, porém, não tivera a paciência de esperar alguns segundos, apenas.

...

A revolta nunca será boa conselheira e nem ajudará na solução dos nossos problemas. A miséria em que nos encontramos, econômica, corporal ou moral não pode ser debitada a Deus ou a terceiros, senão a nós mesmos, que sempre atraímos aquelas experiências dolorosas mais importantes para o nosso aprendizado, ou as mais felizes, conforme nos mantemos distantes ou fiéis à Lei Divina. Não somos vítimas do destino e nem da má sorte, pois isso seria incompatível com a justiça de Deus.

Analisemos as dificuldades por que passamos atualmente e facilmente chegaremos à conclusão de que as causas da maioria delas são as nossas atitudes abusivas ou imprevidentes. E quando não conseguimos encontrar as causas nos fatos presentes, certamente vamos encontrá-las em vivências passadas.

De qualquer forma, a experiência mostra que os nossos problemas são resolvidos com trabalho, coragem, paciência e perseverança. Xingar, agredir, abandonar-se, enfim, revoltar-se contra tudo e contra todos só contribuirá para piorar a situação e impedir que encontremos a solução, que muitas vezes está muito próxima de nós, mas que não enxergamos em razão da nossa revolta.

Pai zeloso que é, Deus nunca deixa de mandar os recursos para nos auxiliar a vencer as dificuldades. Contudo, é preciso acreditar nisso, ter paciência e estar atento ao socorro. Para as necessidades que passamos, pode ser a ajuda financeira inesperada de um amigo ou um emprego que nos é oferecido; para a solidão e o abandono, pode ser um novo amor; para as nossas dúvidas, a ideia contida num livro ou a sabedoria de um professor.

O socorro de Deus sempre chega na hora certa, mas se não temos a paciência de esperar e nem a resignação ante o sofrimento, quando ele chega estamos tão desequilibrados que não o aceitamos e nem mesmo o entendemos. E então ficamos ainda piores, agravando a situação e o nosso desespero.

Por isso, convém nos prepararmos para o socorro que virá do Alto. Enquanto esperamos, entreguemo-nos ao fortalecimento da fé pelo hábito da oração, fazendo luz no coração e ligando-nos com os espíritos bons do Senhor.

Busquemos uma religião que possa fornecer o alimento que sustente a nossa alma. Procuremos nos aproximar daquelas pessoas que já se mostram mais nobres, fortes e alegres, mantendo uma convivência sadia e respeitosa, seguindo-lhes o exemplo.

Conforme as nossas possibilidades, mantenhamos alguma atividade honesta e produtiva, ocupando a mente e as mãos. E olhemos para o lado, para encontrar outros irmãos também necessitados, talvez mais do que nós mesmos, e assim, juntos, permaneçamos unidos no aguardo da mão divina.

# SINAIS DE DEUS

CONTA-SE QUE UM VELHO árabe analfabeto orava com tanto fervor e com tanto carinho, cada noite, que certa vez o rico chefe da grande caravana chamou-o à sua presença e lhe perguntou:

– Por que você ora com tanta fé? Como saber que Deus existe, quando nem ao menos você sabe ler?

O crente fiel respondeu:

– Grande senhor, conheço a existência de nosso Pai Celeste pelos sinais d'Ele.

– Como assim? – indagou o chefe, admirado.

O servo humilde explicou-se:

– Quando o senhor recebe uma carta de pessoa ausente, como reconhece quem a escreveu?

– Pela letra.

– Quando o senhor recebe uma joia, como é que se informa quanto ao autor dela?

– Pela marca do ourives.

O empregado sorriu e acrescentou:

– Quando ouve passos dos animais, ao redor da tenda, como sabe, depois, se foi um carneiro, um cavalo, ou um boi?

– Pelos rastros – respondeu o chefe, surpreendido.

Então, o velho crente convidou-o para fora da barraca e, mostrando-lhe o céu onde a lua brilhava, cercada por multidões de estrelas, exclamou, respeitoso:

– Senhor, aqueles sinais, lá em cima, não podem ser dos homens!

Nesse momento, o orgulhoso caravaneiro, de olhos lacrimosos, ajoelhou-se na areia e começou a orar também.

(Conto de Meimei, através da
psicografia do médium Chico Xavier)

...

A crença em Deus é algo tão ligado às origens da humanidade que é difícil imaginar que alguém duvide de sua existência. Mas essa é uma realidade ainda presente.

Para o ateu convicto, que em hipótese alguma admite Deus, seria um ataque ao seu orgulho aceitar um ser que lhe seja infinitamente superior e ao qual tenha que se submeter. Permanece, evidentemente, iludido, pois mesmo os mais poderosos e os mais inteligentes foram igualmente conduzidos à velhice e à morte, contra o que não puderam lutar. Isso bem demonstra a fragilidade da vida na Terra.

Outros se dizem ateus porque não conseguem aceitar um Deus à nossa semelhança, homem, de barbas brancas, localizado em algum lugar do espaço, sujeito à mudança do humor, capaz de enviar para o céu a mãe de bom coração e, para o inferno, o filho criminoso, sem permitir a eles qualquer contato, quando, aqui mesmo na Terra, as mães visitam e amparam seus filhos nas penitenciárias e nos hospitais psiquiátricos.

Outros descreem da existência de Deus porque não conseguem imaginar como um ser pode ser eterno, sem que alguém o tivesse criado. É verdade que, para nós, parece difícil pensar numa inteligência infinitamente perfeita e poderosa saindo do nada. Mas esse tipo de ateu, ao invés de aceitar que sua pequena inteligência é incapaz de entender muitas coisas, prefere negar a causa determinante de tudo.

Os sinais de Deus estão espalhados pelo mundo e nós mesmos somos o maior exemplo de sua existência. Felizes aqueles que o aceitam, porque se beneficiam da própria crença, encontrando nela as forças necessárias para superar os obstáculos, quando parece que ao redor tudo é abandono e sofrimento.

Quanto possível, ensinemos ao próximo, especialmente às crianças, a respeito da existência de Deus, sobre Seus atributos de sabedoria e misericórdia.

Mas não percamos o nosso tempo com aqueles que se mostrem irredutíveis, pois Deus aguarda pacientemente que nós O encontremos, sem violentar as nossas consciências.

# A FORÇA DO EXEMPLO

A MÃE TROUXE SEU FILHO ao Mahatma Gandhi.

Ela implorou:

– Por favor, Mahatma, diga ao meu filho que ele pare de comer açúcar.

Gandhi fez uma pausa e disse:

– Traga seu filho de volta em duas semanas.

Confusa, a mulher agradeceu e disse que faria o que o Mahatma pediu.

Duas semanas mais tarde, ela retornou com seu filho.

Gandhi olhou o jovem nos olhos e disse:

– Pare de comer açúcar.

Agradecida, mas inconformada, a mulher perguntou:

– Mahatma, por que o senhor me pediu para trazê-lo em duas semanas? O senhor poderia ter dito a ele, como fez agora, há duas semanas.

Gandhi respondeu:

– Há duas semanas eu estava comendo açúcar.

...

Muito comum entre nós é querer ser o grande transformador do mundo e dos homens. Vivemos a apontar os defeitos das coisas e das pessoas e somos agressivos na crítica. Mesmo não convidados a opinar, damos conselhos para uns e para outros, como se fossemos os mais sábios educadores. Via de regra, aconselhamos o próximo a fazer aquilo que nós mesmos não somos capazes de fazer; a lutar contra certos vícios, quando temos vários contra os quais ainda não conseguimos vitória.

Com isso, apenas demonstramos a nossa intolerância e pretensa superioridade. Certa dama da sociedade, com ares de caridosa, foi visitar um presídio e, encontrando um detento que fumava, passou a falar para ele sobre os malefícios do cigarro para a saúde. Após ouvir a ladainha da desconhecida, o preso olha bem para ela e diz: Pois madame, eu sou sapateiro e posso dizer que esse sapato que a senhora está usando, bico fino e salto agulha, faz tanto mal para a sua saúde quanto o cigarro que estou fumando.

É certo que muitas vezes somos chamados a ensinar e a orientar algumas pessoas, até mesmo por dever. É o pai e a mãe em relação aos filhos; o professor e seus alunos; o chefe para com os subordinados; e o religioso junto aos adeptos da sua igreja. Nesses casos, poderíamos até dizer que nossa indiferença seria omissão quanto ao dever que assumimos.

Mas qualquer desejo de orientar ou esclarecer alguém pede vinculação afetiva e autoridade moral. Para que a nossa palavra possa ser aceita é preciso que quem nos ouve a crítica tenha um sentimento de respeito, carinho e amizade para conosco. Essa pessoa sentirá que o nosso propósito não é o de humilhar, mas sim o de alertar e contribuir para a sua felicidade. Então, estará mais disposta a pensar nas suas indevidas atitudes e a se modificar.

De nada, porém, valerá a nossa palavra se nossa conduta moral não é boa e, principalmente, se fazemos aquilo que estamos recriminando no outro. É como diz o ditado popular: "faça o que eu falo mas não faça o que faço". Gandhi, de alma honesta e sincera, só quis pedir ao menino para deixar de comer açúcar quando ele mesmo conseguiu essa vitória e comprovou que era possível.

Muito importante isso quando educamos os nossos filhos. Não raro, pais castigam seus filhos por fumar ou beber, quando eles próprios têm o hábito infeliz; quantas vezes a mãe ralha com o filho por mentir, e logo em seguida pede a ele para dizer à vizinha chata que não está em casa; e o pai que ensina que é crime roubar, mas que não se envergonha em ficar com o troco que recebeu a mais por engano.

Mais do que mil palavras, é a força do nosso exemplo. Pensemos nisso, se quisermos que a nossa palavra tenha força.

# OS QUE SE SALVAM

CONTA-SE QUE UM CERTO religioso sonhou que estava nas portas do céu. Interrogou então, sofregamente, o anjo que ali se encontrava de guarda:

– Estão aí os protestantes?

– Não, aqui não se encontra um protestante sequer.

Surpreso, o religioso insistiu:

– Estão aqui, então, os católicos-romanos?

– Tão pouco conhecemos aqui os filhos da Igreja; não existem aqui romanos – respondeu serenamente o guardião.

– Estarão, quem sabe, os partidários de Maomé ou de Buda?

– Não estão, nem uns, nem outros.

– E os espíritas?

– Igualmente não estão aqui.

Intrigado, indagou, então:

– Dar-se-á, acaso, que o Céu se encontre desabitado?

– Isso não acontece – explicou o anjo, acrescentando: incontáveis são os habitantes da casa do Pai, ocupando todas as suas múltiplas moradas.

– Dize-me, então, depressa: quem são os que se salvam, e a que igreja pertencem na Terra?

– A todas e a nenhuma – informou, por fim, o vigilante da entrada das Celestes Moradas.

E continuou:

– Aqui não se cogita de denominações, nem de dogmas. Os que se salvam são os que visitam as viúvas e os órfãos em suas aflições, não se deixando corromper. Os que se redimem são os que procuram aperfeiçoar-se, corrigindo-se dos seus defeitos, renascendo todos os dias para uma vida melhor. Os que conquistam o Reino dos Céus são os que amam o próximo e renunciam às fascinações do mundo. São os que perseveram caminhando pelas estradas difíceis do dever, apesar dos obstáculos. Os que se purificam são os que obedecem à voz da consciência, e não aos reclamos do interesse. Os que merecem a Divina Graça são os que trabalham pela causa da justiça e da Verdade, que é a Causa Universal, e não pelo engrandecimento de causas regionais, de certas agremiações, com títulos e rótulos religiosos. Os que aspiram à glória de Deus, ao bem comum, à felicidade coletiva, enfim, os que se salvam, são aqueles que fazem a vontade do Pai.

– Basta! – disse o religioso – já compreendo tudo.

E acordou pensando em como estava vivendo os ensinamentos de sua religião.

...

Essa lição nos parece bastante importante. Todas as religiões sinceras contêm em seus ensinamentos as bases morais transformadoras da alma, ajudando-nos a conquistar as virtudes que nos farão melhores, mais sábios e generosos.

Mas ninguém ganhará o paraíso simplesmente porque adota uma religião. Deus, na Sua justiça, não faz qualquer diferença entre os Seus filhos. Não lhe importa a cor, a raça, o sexo, a idade e nem tampouco a religião.

O que vale mesmo são os bons sentimentos que carregamos no coração e as nossas obras no bem. Então, quando nos preocupamos com o nosso destino depois da morte, devemos repensar o que temos feito na Terra para minorar o sofrimento do nosso próximo, se temos ajudado alguém que não nos possa retribuir o favor, se o nosso tempo tem sido aproveitado de forma útil para o bem da humanidade. Isso é o que vale perante Deus.

A nossa salvação, portanto, é a prática incessante da caridade.

# A SUA NATUREZA

UM MONGE E SEUS DISCÍPULOS iam por uma estrada e quando passavam por uma ponte viram um escorpião sendo arrastado pelas águas. O monge correu pela margem do rio, meteu-se na água e tomou o bichinho na mão. Quando o trazia para fora, o bichinho lhe picou a mão e, devido à dor, o homem deixou-o cair novamente no rio. Foi, então, à margem, tomou um ramo de árvore, adiantou-se outra vez a correr, entrou no rio, colheu o escorpião e o salvou.

Voltou o monge e juntou-se aos discípulos na estrada. Eles haviam assistido à cena e o receberam perplexos e penalizados:

– Mestre, deve estar doendo muito! Por que foi salvar esse bicho ruim e venenoso? Que se afogasse! Seria um a menos! Veja como ele respondeu à sua ajuda! Picou a mão que o salvara! Não merecia sua compaixão!

O monge ouviu tranquilamente os comentários e respondeu:

– Ele agiu conforme sua natureza, e eu de acordo com a minha.

...

Essa parábola nos faz refletir sobre a necessidade de compreendermos e respeitarmos as pessoas como elas são. Costumamos considerar que as pessoas são boas e amigas quando elas pensam e agem exatamente como nós achamos correto, quando elas leem pela nossa cartilha.

Ainda orgulhosos e prepotentes, a verdade real é só aquela que admitimos. O bonito é o que assim se parece aos nossos olhos. A bondade ou a maldade, o certo ou o errado se definem pelos nossos próprios critérios de justiça.

E porque o instinto ainda fala mais alto, quando contrariados ou feridos reagimos de forma violenta, chegando mesmo a agredir ou matar. Se somos fracos, nos revoltamos, guardamos mágoas e ódios. Por isso a nossa convivência social e familiar tem sido quase sempre cheia de conflitos, desconfianças e ressentimentos, gerando tristezas, amarguras e infelicidade.

Mas, na medida do nosso aprimoramento espiritual, ampliaremos a nossa humildade e compreensão. Perceberemos, então, que o mundo é feito de diversidades, que as criaturas se encontram em diferentes graus de evolução e agem e reagem sempre de acordo com a sua própria natureza íntima. Daremos conta de que a nossa verdade é relativa e pode mesmo estar bem distante da verdade absoluta. Que também existem outras formas de se viver, de gostar, de sentir, e que não são menos válidas ou menos corretas só porque são diferentes do nosso modo de pensar.

Nesse estado superior de pensamento, compreenderemos que o criminoso, o ofensor, o ingrato e o covarde apenas agem conforme a sua natureza inferior, da mesma forma como o escorpião agiu ao picar a mão do monge que o salvava das águas. E, se não podemos concordar com a maldade, não nos revoltaremos contra o criminoso, a quem procuraremos ajudar na sua reeducação.

Não se pode exigir de ninguém que dê o que ainda não possui, o que não conquistou. Como se diz: "de pedra não se tira leite". Podemos auxiliar as pessoas a crescer, mas não podemos exigir-lhes esse crescimento, porque é algo que se processa de dentro para fora. E como a natureza não dá saltos, devemos aguardar, pacientemente, o despertar da consciência de cada um.

Como a lição se aplica também a nós, a maior preocupação deve ser sempre com a nossa própria melhoria, com o desenvolvimento da nossa inteligência e com a conquista de bons sentimentos, para que as nossas reações sejam boas e propiciem a paz.

E mesmo que sejamos ridicularizados, ofendidos ou menosprezados, permaneçamos fazendo o bem, porque, um dia, os ingratos e pequenos também acordarão para as coisas de Deus.

# ENCONTRAR-SE COM DEUS

HAVIA UM MENINO QUE QUERIA se encontrar com Deus. Ele sabia que tinha longo caminho pela frente e, portanto, encheu a mochila com pastéis e guaraná. Começou sua caminhada.

Depois de andar umas três quadras, encontrou um velhinho sentado num banco da praça, olhando os pássaros. O menino sentou-se junto a ele, abriu a mochila e ia tomar um gole de guaraná quando olhou para o velhinho e percebeu que ele estava com fome. Então, ofereceu-lhe um pastel.

O velhinho, muito agradecido, aceitou e sorriu para o menino. Seu sorriso era tão incrível que o menino quis ver de novo. Ofereceu seu guaraná. Mais uma vez o velhinho sorriu.

O menino estava tão feliz! Ficaram sentados ali sorrindo, comendo pastel e bebendo guaraná pelo resto da tarde, sem falar um com o outro. Quando começou a escurecer, o menino estava cansado e resolveu voltar para casa. Mas, antes de sair, ele voltou e deu um grande abraço no velhinho. O velhinho deu o maior sorriso que o menino já havia recebido.

Quando o menino entrou em casa, sua mãe, surpresa ao ver a felicidade estampada em sua face, perguntou:

– O que você fez hoje que o deixou tão feliz?

Ele respondeu:

– Passei a tarde com Deus.

E acrescentou:

–Você sabe, Ele tem o mais lindo sorriso que eu jamais vi.

Enquanto isso, o velhinho chegou em casa com um sorriso irradiante na face, e seu filho perguntou:

– Por onde você esteve e por que está tão feliz?

E ele respondeu:

– Comi pastéis e tomei guaraná no parque com Deus.

...

Há gente que quer se encontrar com Deus e fica esperando que Ele se apresente. Em suas preces, chega mesmo a dar ordens para o Criador: Deus, se você existe, apareça agora para mim!

Quem age assim quer acreditar em Deus, mas ainda não consegue, por orgulho ou por ignorância. Não se pode conceber que o Senhor do Universo esteja pessoalmente à nossa disposição e nem que possa se submeter aos nossos caprichos.

Difícil ainda é imaginar que possamos vê-lo em pessoa, até porque isso implicaria em rebaixá-lo à condição de ser humano. E, mesmo que isso fosse possível, será que acreditaríamos?

Deus se revela para nós permanentemente, e seu maior exemplo é a natureza e a nossa própria existência.

Não crer em Deus é apenas uma fase da alma, quando só se é capaz de perceber o que toca os sentidos mais grosseiros. Porém, quando já mais sensibilizados, começamos a identificar a presença divina em tudo, em todos e, especialmente, em nós mesmos.

E tudo isso se dá com muita naturalidade e simplicidade, pois a verdade é simples e clara.

Para o menino e o velhinho de nossa história, Deus se revelou num rápido encontro num banco da praça, comendo pastel e tomando guaraná, entre gestos de fraternidade e sorrisos sinceros.

Você, talvez, possa encontrar Deus no raiar do sol, no desabrochar de uma flor, na chuva que molha o seu rosto, no canto dos pássaros, na brisa que sopra os seus cabelos, no abraço amoroso.

Procure, e você O encontrará.

# CIRCUNSTÂNCIAS DESFAVORÁVEIS

A ÁGUIA EMPURROU gentilmente seus filhotes para a beirada do ninho. Seu coração se acelerou com emoções conflitantes, ao mesmo tempo em que sentiu a resistência dos filhotes a seus insistentes cutucões.

Por que a emoção de voar tem que começar com o medo de cair? – pensou ela.

O ninho estava colocado bem no alto de um pico rochoso. Abaixo, somente o abismo e o ar para sustentar as asas dos filhotes.

E se justamente agora isto não funcionar?

Apesar do medo, a águia sabia que aquele era o momento. Sua missão estava prestes a se completar, restava ainda uma tarefa final: o empurrão.

A águia encheu-se de coragem. Enquanto os filhotes não descobrirem suas asas não haverá propósito para a sua vida. Enquanto eles não aprenderem a voar não compreenderão o privilégio que é nascer águia.

O empurrão era o melhor presente que ela podia oferecer-lhes. Era seu supremo ato de amor.

Então, um a um, ela os precipitou para o abismo. E eles voaram!

...

Nós, os pais da Terra, amamos os nossos filhos e nos sentimos responsáveis pela sua felicidade. Esforçamo-nos ao máximo e renunciamos à nossa própria felicidade pelo bem deles. Com medo de que venham a sofrer, tudo fazemos para protegê-los.

Esse zelo é absolutamente natural, mas, como em tudo na vida, é preciso que haja bom-senso e equilíbrio. Se superprotegermos os nossos filhos eles se tornarão frágeis, incapazes de enfrentar os obstáculos e resolver seus próprios problemas. Então, quando não mais estivermos com eles, terão medo, recuarão ante os menores conflitos e dificuldades, o que implicará em maior sofrimento.

É preciso, pois, ter consciência de que o amor maternal ou paternal implica em prepararmos nossos filhos para a vida, contribuirmos para que tenham uma personalidade forte, independente, segura, sem deixar de ser generosa.

E chegará o momento em que, embora receosos e cheios de dúvidas, deveremos, como a mãe águia, empurrar os nossos filhotes do ninho, para que possam bater asas e levantar voo para o mais alto.

Certamente, as primeiras experiências não serão as mais tranquilas, mas os nossos filhos também compreenderão que sem a luta não há crescimento pessoal e que devem fazer, por si mesmos, a tarefa que lhes compete na vida, para terem o mérito do próprio esforço.

Se observarmos bem, é assim também que Deus, o pai supremo, faz com todos nós, os Seus filhos.

Vez por outra, de repente somos lançados do ninho da nossa tranquilidade e segurança a abismos que se mostram tenebrosos e profundos, nos quais nos sentimos em dolorosa queda.

Ontem, a situação financeira privilegiada garantia o luxuoso conforto e todas as nossas necessidades eram supridas sem maiores preocupações; hoje, a falência dos negócios nos compele a implorar trabalho e socorro para morar e comer.

Ontem, a beleza e saúde invejáveis nos colocavam no pedestal das estrelas da sociedade, mas hoje a doença transformou nosso corpo em um farrapo que apenas desperta compaixão.

Ontem, tínhamos ao nosso lado as pessoas mais queridas e que nos alimentavam a alma; hoje nos sentimos abandonados e solitários, sem ânimo para continuar vivendo.

Mas, ao nos permitir essas circunstâncias desfavoráveis, quer Deus que despertemos em nós valores até então desconhecidos, que percebamos que somos deuses, portadores de potencialidades adormecidas e que precisam acordar, para que possamos alçar voos seguros na direção da sabedoria e do amor.

# O QUE É O AMOR

NUMA SALA DE AULA, uma das várias crianças perguntou à professora:

– Professora, o que é o amor?

A professora sentiu que a criança merecia uma resposta à altura da pergunta inteligente. Como já era hora do recreio, pediu que cada aluno desse uma volta pelo pátio da escola e trouxesse o que mais despertasse nele o sentimento de amor.

As crianças saíram apressadas e ao voltarem a professora disse:

– Quero que cada um mostre o que trouxe consigo.

A primeira criança disse:

– Eu trouxe esta flor, não é linda?

A segunda criança falou:

– Eu trouxe esta borboleta. Veja o colorido de suas asas, vou colocá-la em minha coleção.

A terceira criança completou:

– Eu trouxe este filhote de passarinho. Ele havia caído do ninho junto com outro irmão. Não é uma gracinha?

E assim as crianças foram se colocando. Terminada a exposição, a professora notou que havia uma criança que tinha ficado quieta o tempo todo. Ela estava vermelha de vergonha, pois nada havia trazido. A professora se dirigiu a ela e perguntou:

– Meu bem, por que você nada trouxe?

E a criança, timidamente, respondeu:

– Desculpe, professora. Vi a flor e senti o seu perfume, pensei em arrancá-la, mas preferi deixá-la para que seu perfume exalasse por mais tempo. Vi também a borboleta, leve, colorida! Ela parecia tão feliz, que não tive coragem de aprisioná-la. Vi também o passarinho caído entre as folhas, mas ao subir na árvore notei o olhar triste de sua mãe e preferi devolvê-lo ao ninho. Portanto, professora, trago comigo o perfume da flor, a sensação de liberdade da borboleta e a gratidão que senti nos olhos da mãe do passarinho. Como posso mostrar o que trouxe?

A professora agradeceu à criança e lhe deu nota máxima, pois ela fora a única que percebera que só podemos trazer o amor no coração.

...

Quem será que consegue definir o amor em sua plenitude? Esse sentimento, tão decantado pelos apaixonados e que move as criaturas e o próprio Universo, ainda é para nós um grande mistério. Temos uma compreensão muito apagada de sua extensão e sabemos apenas nos referir a algumas de suas qualidades, como a amizade, o carinho, o afeto, a paciência, o respeito, a bondade e a tolerância.

Nossa história de vida é justamente a busca do amor sublime, que está em nós em essência, como uma plantinha tenra, que carrega em si mesma o germe da frondosa árvore que logo será.

Pensamos muitas vezes que o amor está lá fora, nas coisas e nas pessoas, das quais queremos nos apoderar. E saímos a procurar o amor com sofreguidão. Objetos especiais, como casas e carros, é que nos dão felicidade. Outras vezes, nos realizamos no trato com os animais, adquirindo lindos cães, gatos, pássaros e cavalos, que recebem de nós toda a dedicação, tempo e dinheiro. Na grande maioria das vezes, porém, é nas pessoas que esperamos encontrar o amor, e depositamos nelas todas as nossas esperanças de eterna alegria.

Não demora, porém, e percebemos que as coisas se acabam ou que delas nos cansamos; que os animais e as pessoas se modificam e nem sempre correspondem aos nossos anseios.

Decepcionados, sofremos e deixamos de acreditar no amor.

Mas isso não aconteceria se buscássemos o amor onde ele verdadeiramente está, ou seja, no nosso coração.

Descobriríamos, então, que a grande felicidade está em poder amar, muito mais do que em ser amado, e nos sentiremos realizados simplesmente por isso, sem que precisemos ter as coisas e as pessoas aprisionadas ao nosso lado.

# A PORTA DO CORAÇÃO

UM HOMEM HAVIA PINTADO um lindo quadro. No dia de apresentá-lo ao público, convidou todo mundo para vê-lo. Compareceram as autoridades do local, fotógrafos, jornalistas, e muita gente, pois o pintor era muito famoso e um grande artista.

Chegado o momento, tirou-se o pano que velava o quadro. Houve caloroso aplauso.

Era uma impressionante figura de Jesus batendo suavemente à porta de uma casa. O Cristo parecia vivo. Com o ouvido junto à porta, ele parecia querer ouvir se lá dentro alguém respondia.

Houve discursos e elogios. Todos admiravam aquela obra de arte.

Um observador curioso, porém, achou uma falha no quadro: A porta não tinha fechadura.

E foi perguntar ao artista:

– Sua porta não tem fechadura! Como se fará para abri-la?

– É assim mesmo – respondeu o pintor. – Esta é a porta do coração humano. Só se abre do lado de dentro.

...

Há dois mil anos Jesus veio até a humanidade para falar do Deus de amor que governa o Universo, derramando sobre todos as suas bênçãos infinitas, para que possamos realizar o sonho da felicidade. Falou de um Senhor benevolente, que não castiga, mas permite aos filhos as experiências necessárias para que compreendam o certo e o errado, o bem e o mal, a sombra e a luz; que lhes oferece a liberdade de escolher os seus próprios caminhos, mas que alerta para a responsabilidade pelas consequências da escolha, pois cada um deve merecer a glória da vitória ou promover a reparação dos prejuízos causados pelos seus enganos.

O Cristo se mostrou o melhor modelo de vida para o ser humano, vivenciando os seus ensinamentos, demonstrando que todos nós somos capazes de fazer como ele. Afirmou até que somos deuses, que poderemos fazer o que ele fez e muito mais, se assim o quisermos.

Sendo o anjo maior de Deus entre nós e possuindo todos os poderes, poderia se impor aos homens, mas se fez simples e amigo, gentil e protetor, não violentando a consciência de ninguém e não obrigando ninguém a aceitá-lo. Sua mensagem amorosa era um convite à renovação da alma, ao abandono do vício e dos maus hábitos, ao estabelecimento da luz e da paz nos nossos corações. Tanto que se permitiu ser traído, negado e abandonado por aqueles que lhe estavam mais próximos e lhe amavam, regressando, três dias após, em Espírito, para reafirmar que estaria conosco para sempre.

E o Cristo não precisará voltar, pois, em verdade, nunca se foi. Seus ensinamentos, seus exemplos, permanecem vivos e relembrados pelas religiões, todos os dias, cada vez mais. Sua mente imortal, agora em Espírito, sustenta e inspira os grandes movimentos de implantação do Bem, muito embora pareça, e apenas pareça, que a sombra ganha terreno e que o mal avança vitorioso.

A história da humanidade mostra que o mal não se sustenta. Onde estão os guerreiros, os governantes cruéis, os tiranos? Todos passaram, são apenas relembrados nos livros escolares, vez por outra. Mas Jesus resiste ao tempo e a todos. E quanto mais o homem sofre, mais tem necessidade da presença dele e de Deus em suas vidas, porquanto as coisas da Terra não são capazes de consolar os corações.

Mas o pintor da nossa pequena história está com a razão. Jesus apenas bate delicadamente à nossa porta. Não força a fechadura. Quer sim entrar em nossas vidas, quer ser o nosso amigo, o nosso Mestre, compartilhar nossas alegrias e sustentar-nos nas tristezas e no sofrimento. Mas deixá-lo entrar é opção exclusiva nossa. Somente a nossa vontade é a chave que pode abrir o nosso coração para que Jesus ali possa estar, trazendo-nos a alegria da paz, a segurança da coragem e a luz da sabedoria.

Esta é a hora, apresse-se, escute o suave toque das mãos luminosas de Jesus batendo em seu coração. Receba-o alegremente, deixe que ele permaneça contigo e desfrute dessa felicidade.

# ALEGRIA DE VIVER

UM HOMEM, AMARGURADO pelos problemas do dia a dia, ouviu no rádio a voz empolgante de um professor de otimismo, que lhe cativou a atenção e a simpatia. De três em três dias, permanecia junto ao rádio para registrar os ensinamentos do orientador, que falava de uma emissora interiorana. Tão admirado se viu com as respostas com que o prestimoso amigo reconfortava e instruía os ouvintes, que lhe dirigiu a primeira carta, solicitando-lhe auxílio para sanar as suas inquietações.

Entusiasmado com os apontamentos que obtinha pelo sem-fio, escrevia-lhe sempre, rogando-lhe as opiniões, que chegavam sinceras e sensatas. Aquele professor, cujas palavras de paz e compreensão se espalhavam pelo rádio, devia conhecer as mais intrincadas questões humanas. Para quaisquer indagações, oferecia a resposta exata.

O homem, antes fatigado e pessimista, tanto adentrou na faixa dos pensamentos novos que lhe eram endereçados pelo amigo, que se viu curado da angústia crônica que o possuía. Renovado e feliz, deliberou exteriorizar a gratidão que lhe vibrava no íntimo do ser, desejando abraçar o benfeitor pessoalmente. Combinaram dia e hora para o encontro e o beneficiado despendeu oito horas, em automóvel, varando estradas difíceis, de modo a reverenciar o professor que lhe reabilitara as forças para a vida.

Depois de atingir a cidade para a qual se dirigia, conseguiu avistá-lo, jubiloso, mas ao mesmo tempo surpreso, porque o distinto radialista, que lhe devolvera a alegria de viver e trabalhar, era paralítico.

...

Ninguém nesta terra está livre de aflições e amarguras. Milhões de pessoas permanecem em terríveis sofrimentos, padecendo miséria e abandono, desequilíbrio e doenças físicas, sem que os esforços da ciência e dos governos sejam suficientes para confortar a todos.

Muitas se sentem desprotegidas, desorientadas ante tanta dor, imaginando-se num abismo sem fim e entregando-se à revolta e ao crime, ao desânimo e ao suicídio. Nesse momento, a dor é para elas a maior dor de todas, tão grande que acham que ninguém será capaz de lhes ajudar. E porque a ajuda de Deus parece não vir, desacreditam dela e perdem a fé.

Mas Deus não deixa nunca de nos amparar. Portas estarão

se abrindo para aqueles que nelas baterem com simplicidade e humildade. Saídas e soluções se apresentarão para quem buscá-las com determinação e paciência. E respostas serão dadas àqueles que suplicarem com confiança.

Haverá sempre alguém disposto a nos oferecer o ombro amigo, o abraço fraternal, a palavra de estímulo. Ficamos a imaginar que o socorro virá de um anjo em forma de gente, livre das preocupações e sofrimentos materiais. No entanto, em regra, quem nos ampara é justamente aquela criatura que já experimentou dores supremas, mas compreendeu, suportou e venceu, estando em condições de melhor entender o sofrimento alheio.

Essa criatura misericordiosa, tendo percorrido o mesmo caminho da dor, revela-nos que a nossa aflição não é a única e nem a maior, simplesmente é a experiência pessoal necessária para o engrandecimento da alma. Diz-nos, ainda, que somos capazes de vencer, mas que precisamos encarar a vida com otimismo e alegria, reconhecendo todas as bênçãos que o Senhor tem nos proporcionado.

Com essa compreensão, não nos importaremos tanto com as dificuldades do meio em que vivemos e nem com os problemas que atingem o nosso dia a dia, guardando o coração calmo e sereno, confiante e determinado, sabendo que, superados estes momentos difíceis, alcançaremos, aqui ou no Além, a indestrutível paz interior.

# FAZER A DIFERENÇA

ERA UMA VEZ UM ESCRITOR que morava em uma tranquila praia, perto de uma colônia de pescadores. Todas as manhãs ele caminhava à beira do mar para se inspirar e à tarde ficava em casa escrevendo. Certo dia, caminhando na praia, ele viu um vulto que parecia dançar. Ao chegar perto, reparou que se tratava de um jovem que recolhia estrelas-do-mar da areia para, uma por uma, jogá-las novamente de volta ao oceano.

– Por que está fazendo isso? – perguntou o escritor.

– Você não vê! – explicou o jovem. – A maré está baixa e o sol está brilhando. Elas irão secar e morrer se ficarem aqui na areia.

O escritor espantou-se.

– Meu jovem, existem milhares de quilometros de praias por este mundo afora, e centenas de milhares de estrelas-do-mar espalhadas pela praia. Que diferença faz? Você joga umas poucas de volta ao oceano. A maioria vai perecer de qualquer forma.

O jovem pegou mais uma estrela na praia, jogou de volta ao oceano e olhou para o escritor.

– Para essa, eu fiz a diferença.

Naquela noite o escritor não conseguiu dormir, nem sequer conseguiu escrever. Pela manhã, voltou à praia, uniu-se ao jovem e juntos começaram a jogar estrelas-do-mar de volta ao oceano.

...

Muitas pessoas vivem fechadas num mundo que criaram para si mesmas. Vítimas da violência ou da falcatrua, da ingratidão ou da traição, desacreditam do próximo e se isolam, com medo de novo sofrimento. Por isso, não se permitem maior aproximação com as pessoas, não querem fazer amizades e ter novos relacionamentos, apenas o necessário à sobrevivência. Algumas vezes se trancam em casa ou se mudam para lugares afastados, onde imaginam não ter que enfrentar os problemas da sociedade complicada dos dias atuais.

Sem que percebam, tornam-se indiferentes com relação à vida e às pessoas, em prejuízo seu e dos outros, já que sem o enfrentamento de lutas e dificuldades na vida em comum não há crescimento interior.

Pior, no entanto, são os indiferentes por egoísmo e orgulho, recolhidos em castelos de luxo e pompa, que se consideram escolhidos pela divindade para o prazer e o domínio e desprezam os que se encontram na pobreza ou na doença. Esses, permitiram que seus corações se esfriassem. Banalizaram a miséria e a doença de tal modo que não se comovem e nem contribuem para amenizar a dor daquele que está sofrendo ao seu lado.

Mas existem aqueles que, embora condoídos, não se animam a fazer alguma coisa, pois acham que seu esforço de nada valeria, diante da multidão de sofredores espalhados pela Terra. No entanto, Deus não nos convida para salvar o mundo, mas para fazer pelo próximo todo o bem possível, aquilo que está ao nosso alcance, conforme as nossas forças, ainda que seja apenas para uma única pessoa.

Se cada um fizer a sua parte pelo companheiro que sofre ao seu lado, todos poderemos viver melhor. Uma palavra amiga, um pedaço de pão, umas moedas, uma orientação qualquer, uma companhia, são atitudes simples, mas que fazem a diferença para aquele que está amargurado e sem rumo certo na vida.

E se temos dúvida quanto a isso, coloquemo-nos no lugar daquele que sofre e perguntemo-nos como nos sentiríamos se alguém estendesse a mão para nos consolar, se isso faria diferença para a nossa felicidade.

# PRESENÇA PATERNAL

NUMA REUNIÃO DE PAIS, numa escola da periferia, a diretora incentivava o apoio que os pais precisavam dar aos filhos. Ela insistia que eles, mesmo trabalhando fora, tinham de encontrar uma forma de se fazerem presentes.

A diretora ficou muito surpresa quando um pai levantou e contou, no seu jeito humilde, que ele não tinha tempo de ver o filho durante a semana, pois quando ele saía para trabalhar, muito cedo, a criança estava dormindo. Quando voltava, já era tarde e o filho tinha ido para a cama.

Se ele não fizesse isso não teria como sustentar a família. Mas ele tentava se redimir indo beijar o filho todas as noites quando chegava em casa. E, para que o filho tivesse certeza da sua presença, dava um nó na ponta do lençol. Isso acontecia religiosamente todas as noites!

Quando o menino acordava, sabia, por causa do nó,

que o pai havia estado ali para beijá-lo. O nó era o meio de comunicação entre eles.

Mais surpresa ficou a diretora quando constatou que o filho desse pai era um dos melhores alunos da sala.

...

Os pais amorosos sempre são capazes de encontrar um meio para estar com os filhos, pois sabem o quanto é importante para eles a sua presença.

Hoje, não há mais dúvida de que não basta aos pais darem comida, roupa, cama e educação para os filhos. É imprescindível a participação efetiva nas suas vidas, de modo a formar-lhes o caráter e dar estabilidade emocional. Conversar, apoiar, incentivar, advertir, colocar limites e estar presente em suas atividades são atitudes necessárias, se quisermos possibilitar aos filhos um crescimento saudável.

Quem não se preocupou com isso quando os filhos eram crianças, muitas vezes amarga doloroso arrependimento ao perceber, de repente, que cresceram, que se mostram distantes, indiferentes ou até mesmo revoltados. Pior é a situação se os filhos, fragilizados, são envolvidos pelas drogas e os prazeres desregrados, contaminando-se com as piores coisas da sociedade ou se entregando aos crimes.

No passado, a figura paternal era de autoridade. Bastava o pai olhar para que o filho já soubesse o que não deveria fazer. Mas, por outro lado, faltava afetividade. Abraços, beijos e palavras de carinho eram raridades. Hoje, nestes tempos modernos, o pai pretendeu se converter em amigo dos filhos e dar a eles uma liberdade que não tiveram, mas que acabou sendo confundida com indiferença.

Os filhos, no entanto, precisam e querem uma liberdade assistida, ou seja, querem ter a oportunidade de realizar seus desejos e manifestar suas necessidades, só que também desejam o amparo, a companhia e a orientação dos pais, pois ainda não sabem fazer as coisas com segurança e nem decidir o que seja melhor para eles.

Vale a pena o nosso esforço e dedicação. Melhor para os pais são as dificuldades e os aborrecimentos do processo educativo, do que as lágrimas de dor derramadas nas portas das cadeias e escadas dos tribunais ou nos leitos dos hospitais e túmulos nos cemitérios.

Assim, prezados pais, se as dificuldades sociais ou profissionais lhes impedem de ficar mais horas com seu filho, estabeleçam uma forma de comunicação que permita a ele saber que vocês o amam e que poderá contar com vocês nas horas mais difíceis. Telefonem, deixem bilhete, deem-lhe algumas rápidas palavras, mas se ainda isso não puderem fazer, passem à noite em sua cama para lhe dar um beijo e deixem no lençol um nó, como sinal da sua presença e do seu amor.

# A DÚVIDA DO CRISTÃO

NUMA COMUNIDADE CRISTÃ, havia um religioso já de cabelos brancos que orava constantemente pedindo para ver Jesus. Ele e os demais amigos ali residentes eram muito piedosos e caridosos e faziam sempre o bem aos que necessitavam. Todos os dias, às três horas da tarde, os portões da entidade eram abertos ao som de uma sineta e os pobres entravam para o pátio para atendimento.

Um dia, depois do almoço, o bom velhinho novamente orou a Deus e pediu, como sempre fazia, a oportunidade de ver Jesus, conversar com ele, nem que fosse um pouquinho. Estava ajoelhado, quando percebeu que o seu quarto ficou totalmente iluminado e Jesus lhe apareceu.

O bom religioso não cabia em si de alegria e de felicidade. Imagine só, Jesus ali com ele. Ia então conversar com o Mestre quando a sineta tocou, chamando todos para socorrer e ajudar os irmãos infelizes.

Ele vacilou por um instante, não sabendo se ia ou se ficava ali com Jesus. Mas resolveu ir, pois precisava fazer o seu trabalho, atender ao seu próximo. Deixou Jesus sentado no quarto e se foi, com o coração triste, acreditando que quando voltasse ele não mais estaria ali.

Atendeu a todos com o mesmo amor e bondade de sempre e, quando todos se retiraram, voltou para o seu quarto, sentindo ainda o seu coração triste. Porém, quando lá chegou, o seu quarto estava mais iluminado e, espantado, vê também Jesus, que esperava por ele.

Chorando, feliz e agradecido, atirou-se aos pés de Jesus e entre lágrimas disse:

– Mestre, tu aqui? Não fostes embora? Esperaste todo este tempo por mim?

E Jesus, passando suas mãos compassivas por seus cabelos brancos, lhe respondeu meigamente:

– Irmão querido, se tu ao ouvir a sineta chamando-te para as obrigações com aquele que sofre, tivesses aqui permanecido, eu é que teria saído.

...

Muitos cristãos, ante as dificuldades da luta na Terra, desejariam ter contato pessoal com Jesus, desfrutar da paz e da harmonia do seu amor e poder ouvir diretamente sua palavra meiga e sábia.

Sinceramente, não nos sentimos à altura dessa graça,

porquanto para nos apresentarmos a ele é preciso ter o coração puro, livre de ódios, de mágoas e de outros sentimentos mesquinhos.

Mas, como Jesus é todo misericórdia, suas bênçãos irradiam e se derramam sobre todos nós, cobrindo a multidão dos nossos enganos e nos convidando à prática do bem, assim como o sol, embora distante, aquece e sustenta a vida do nosso mundo com seus raios luminosos. Ainda por agora, é dessa forma que Jesus se faz presente em nossas vidas.

Para sentirmos a sua presença, basta fazermos a sua vontade. E foi ele mesmo quem disse: "todas as vezes que der de comer, de beber ou de vestir a alguém, é a mim que estará dando".

É, portanto, no exercício constante da caridade sincera que encontraremos Jesus, pois estaremos purificando os nossos sentimentos.

Certo dia, perguntaram à Irmã Dulce, a madre caridosa da cidade de Salvador, por que ela recebia sorrindo e abraçando os doentes e pobres que chegavam ao seu hospital. E então ela respondeu: "Cada irmão desse que aqui chega é como se Jesus viesse ao meu encontro, e como eu poderia ficar triste ao receber Jesus em minha casa?"

Se quisermos ter Jesus conosco, façamos o bem a todos aqueles que nos rodeiam, estendamos as mãos aos mergulhados em aflições, consolemos os corações feridos e ofereçamos a nossa compreensão e perdão aos que nos ofendem e não nos compreendem.

# PEDIR E RECEBER

EU PEDI FORÇA. E DEUS ME DEU dificuldades para me fazer forte...

Eu pedi sabedoria. E Deus me deu problemas para eu resolver...

Eu pedi prosperidade. E Deus me deu cérebro e músculos para trabalhar...

Eu pedi coragem... E Deus me deu perigo para eu superar...

Eu pedi amor... E Deus me deu pessoas com problemas para eu ajudar...

Eu pedi favores. E Deus me deu oportunidades...

Eu não recebi nada do que pedi. Mas eu recebi tudo de que precisava...

...

Essa reflexão de autor desconhecido nos faz pensar como tem sido a nossa relação com Deus.

Porque Ele é a fonte inesgotável de todas as coisas, achamos que podemos lhe pedir tudo que nos parece importante para a nossa felicidade. Comportamo-nos como crianças que são dependentes dos pais para quase tudo na vida.

E então pedimos para ser agraciados com a riqueza, para que possamos desfrutar de conforto, das mordomias e dos prazeres da Terra. Queremos força e poder, para nos destacarmos na sociedade e sermos atendidos pelos subalternos. Rogamos beleza, para atrairmos a companhia de pessoas agradáveis e também belas, satisfazendo assim os nossos desejos e emoções.

Pedimos o concurso de Deus até para as coisas mais pequenas e banais da vida, como ganhar na loteria ou vencer uma partida de futebol, fechar um negócio ou conseguir um casamento. E queremos que tudo isso venha de mão beijada, que caia do céu, sem que façamos o mínimo esforço da nossa parte. Pior ainda é que nos revoltamos quando não somos atendidos, culpando Deus pelos nossos enganos e decepções, considerando-O injusto, e até deixando de acreditar n'Ele.

Conta-se que Jesus e seus discípulos caminhavam por uma estrada e encontraram uma carroça atolada. Ao lado dela, de joelhos, o carroceiro orava em voz alta suplicando a ajuda de Deus. Jesus passou por ali indiferente. Mais adiante, encontraram uma outra carroça atolada, mas o carroceiro a empurrava com as próprias mãos, chicoteava os animais, xingando e blasfemando por ter atolado. Jesus parou e pediu que todos ajudassem a tirar dali aquela carroça. Os discípulos ficaram indignados e perguntaram ao Mestre o motivo de não ter ajudado o primeiro carroceiro, que orava, mas sim o segundo, que xingava. Jesus, muito sereno, respondeu: "É porque este fazia a sua parte".

Sim, somos filhos de Deus e Ele sempre estará nos ajudando. Não significa, porém, que nos dará tudo que pedirmos ou nos incentivará a preguiça ou o comodismo. Ele nos criou para sermos participantes da sua obra, cocriadores do Universo, e não meros usufrutuários. Para tanto, é necessário que sejamos fortes, sábios e independentes. E isso só se consegue com trabalho, estudo, esforço, dedicação e perseverança.

Assim como o pai que dá alimento adequado ao filho doente, Deus ouve as nossas súplicas, mas sempre vai nos conceder o que realmente é necessário e bom ao nosso crescimento e felicidade. Num primeiro momento, pode nos parecer que o socorro do Pai não serve, mas o tempo sempre vai mostrar que a resposta foi exatamente aquela mais importante para nós.

Se não estamos proibidos de pedir a Deus em nossas preces, tenhamos sabedoria e humildade e não nos revoltemos se o Pai nos der respostas diferentes das que esperamos, pois se Ele não nos dá o que pedimos, dá-nos tudo o que precisamos.

# PERDAS E GANHOS

ELE ESTAVA TRISTE CHORANDO a morte de sua mãe. Não se conformava. Afinal, nunca havia perdido ninguém tão próximo e não sabia exatamente o que fazer ou como reagir. Abalado, não queria se abrir com ninguém. Preferia passar a imagem de uma pessoa forte, mas por dentro só ele sabia como estava mal.

Resolveu dar uma volta pela cidade. Foi até o parque e começou a dar pão aos pombos. Era uma boa distração. Enquanto isso, um garoto de rua, todo maltrapilho, aproximou-se:

– Ei, moço, pode me dar um pedaço de pão? Estou com fome!

Olhou para a criança e lhe entregou o saco com os pães. O garoto agradeceu e perguntou:

– Qual o seu nome?

– O meu é José e o seu?

– O meu é Juninho. Por que o senhor está chorando?

– É porque estou muito triste, minha mãe acaba de falecer – disse José, desabafando o aperto de seu coração.

O garoto, faminto, comia os pães com gosto, e enquanto comia perguntou:

– Quantos anos o senhor tem?

– Quarenta anos – respondeu José. Por quê?

– Você é feliz! Teve quarenta anos de mãe. Pior eu, que nem conheci a minha...

E Juninho, seguindo o seu caminho, completou:

– Obrigado pelo pão, moço. Deus lhe pague!

José sorriu. Afinal, aquele garoto havia acabado de lhe mostrar algo muito importante. Não, ele não havia perdido nada, e sim ganhado "quarenta anos de mãe". Olhou com ternura para o garoto que se afastava e disse:

– Tchau, Juninho. Deus é que lhe pague!

...

A reação mais comum quando perdemos uma pessoa querida é o desespero. E agora? – nos perguntamos. O que será da minha vida? Por que isso foi acontecer? Ainda não era hora! Tínhamos tantas coisas para fazer juntos! Nesse momento, a dor é tão intensa que tudo perde sua razão de ser. As lágrimas explodem em tempestade, revelando o sofrimento do coração. Algumas vezes, porém, ficamos tão atordoados que não conseguimos chorar e nem pensar.

Parece que é um pesadelo do qual em breve vamos

acordar. No entanto, logo percebemos que tudo é realidade. No dia seguinte ainda temos a impressão de que a pessoa querida está entre nós. Mas ela não está ali para nos dar um bom-dia e um abraço. Seu lugar na mesa das refeições está vazio e suas palavras não são mais ouvidas pela casa.

Acreditávamos na Justiça e no Amor de Deus para com todos. Contudo, agora, a nossa fé está enfraquecida. Não achamos justo a separação das pessoas que se amam. Como aceitar que uma criança seja levada dos braços de seus pais? Como entender a morte de um jovem que tem toda a sua vida pela frente?

Nada perdemos, porém. O tempo que a pessoa querida permaneceu entre nós foi uma bênção que Deus nos ofereceu. É bem possível que ela esteja melhor agora do que quando estava conosco aqui na Terra.

Por isso, não nos permitamos a revolta e nem o desânimo. Guardemos dela as boas lembranças e que isso seja um estímulo para seguirmos a nossa vida.

A separação é momentânea. Somos espíritos imortais. Em breve estaremos juntos no mundo espiritual e continuaremos a nossa história de amor e amizade.

Ocupemos o nosso dia com o trabalho honesto, com o aprendizado superior, com a prática da caridade, e quando menos esperarmos nós também estaremos fazendo a grande viagem ao encontro dos nossos amores.

# RIQUEZA DE ESPÍRITO

UM DIA, UM PAI DE FAMÍLIA RICA levou seu filho para viajar para o interior. Queria mostrar ao filho o quanto as pessoas podem ser pobres. Eles passaram um dia e uma noite numa fazenda, na casa de uma família muito pobre. Quando retornaram da viagem, o pai perguntou ao filho:

– O que você achou da viagem?

– Muito boa, papai!

– Você viu, meu filho, a vida que essas pessoas levam? – perguntou o pai.

– Sim.

– E o que você aprendeu?

O filho, então, respondeu:

– Eu vi que nós temos um cachorro em casa e eles têm quatro. Nós temos uma piscina que alcança o meio do jardim, eles têm um riacho que não tem fim. Nós temos uma varanda coberta e iluminada com luz, eles têm as estrelas e a lua. Nosso quintal vai até o portão de entrada, eles têm uma floresta inteira.

O pai já estava bastante entristecido com a observação do filho, quando este acrescentou:

– Obrigado, pai, por me mostrar o quanto "pobres" nós somos!

...

O que é ser rico ou ser pobre? Pelos atuais valores humanos, a riqueza e a pobreza têm a ver com os bens materiais que conseguimos ajuntar. Rico é quem tem várias propriedades, indústrias, carros importados, belas casas e muito dinheiro no banco. Anualmente, as grandes revistas fazem pesquisas e relacionam os homens mais ricos do planeta, conforme o patrimônio de milhões de dólares acumulados.

A nossa sociedade capitalista, querendo vender os seus produtos, faz crer que a felicidade está nas coisas que fabrica. E nós nos deixamos levar por esse pensamento, porque, afinal de contas, desejamos ser felizes. Então, trabalhamos mais e mais para comprar coisas de que nem sempre necessitamos. E quando não conseguimos, invejamos, nos revoltamos e até mesmo roubamos.

A verdadeira riqueza, porém, é aquela que carregamos conosco mesmo, que está onde estamos, aquela que a ferrugem não corrói e que as traças não consomem.

São as nossas conquistas intelectuais, que possibilitam compreender melhor as leis que regem o Universo e a vida;

que nos permitem as descobertas científicas, a elaboração do pensamento filosófico e o aprimoramento das artes; que, enfim, nos permitem trabalhar para a construção de uma vida melhor e mais saudável.

A verdadeira riqueza também são os nossos valores morais, as virtudes que desenvolvemos e que nos fazem pessoas boas, mais tolerantes, fraternais e solidárias; que nos dão paz e nos ajudam a viver bem com o nosso próximo, auxiliando-o a também ser mais feliz.

Quem possui sabedoria e bons sentimentos será capaz de viver na riqueza material ou na pobreza com a mesma dignidade, sempre respeitando o próximo e tornando-se um benfeitor da humanidade, porque indicará a todos o verdadeiro caminho para a felicidade.

Mas o pobre de valores espirituais será infeliz, mesmo rodeado do luxo e dos tesouros da Terra, porque sempre invejará aqueles que mais possuem; porque sempre terá medo de perder o que tem ou de ser roubado; porque nunca saberá se as pessoas que o rodeiam são sinceras ou estão apenas interessadas no seu dinheiro; por fim, será infeliz por saber que, com a sua morte, terá que deixar tudo aqui na Terra.

Se podemos ter e usar as coisas materiais, devemos agradecer, mas é mais importante conquistar a riqueza espiritual, que nos levará mais depressa para perto de Deus.

# GRATIDÃO

IA COMEÇAR A ESTAÇÃO CHUVOSA e um velho bem velho estava cavando buracos no quintal.

– O que está fazendo? – perguntou o vizinho.

– Plantando mangueiras – foi a resposta.

– Espera comer mangas dessas árvores?

– Não, não viverei o bastante para isso. Mas outros comerão. Ocorreu-me, outro dia, que durante toda a vida saboreei mangas plantadas pelos outros. Isto é um meio de demonstrar-lhes a minha gratidão.

...

Não raro, passamos pela Terra apenas gozando os prazeres que a vida nos concede. Não paramos para agradecer e nem mesmo pensamos em retribuir de alguma forma tudo que recebemos.

O grande amor que temos só por nós mesmos nos coloca no centro das atenções. O que importa é se estamos felizes. Achamos que as pessoas têm o dever de fazer tudo para nos agradar.

Essa imperfeição, que chamamos de egoísmo, é a causa dos conflitos individuais e coletivos. Se eu quero ser feliz, o meu semelhante também quer. Então brigamos para ser feliz, de preferência mais feliz que o outro. Em razão disso, ainda não alcançamos a paz e o progresso que sonhamos.

Disputamos espaço, conforto, bens e pessoas. No fundo, é o medo do sofrimento, da fome e do abandono. Com a nossa visão pequena, apenas centrada na vida material, não percebemos que fazemos parte de um todo, de uma grande família, e que dependemos uns dos outros.

Comemos alimentos que não plantamos e nem sempre preparamos. Somos transportados em veículos que não construímos, usamos roupas que não costuramos e tomamos remédios que não descobrimos. Sem tudo isso, sem a contribuição de outras pessoas, como seria a nossa vida?

Enquanto somos crianças, é evidente que estamos na condição de necessitados, como a plantinha que precisa ser regada, adubada e protegida. Mas quando crescemos, a exemplo da árvore frutífera, nossa obrigação é produzir e servir.

Há um provérbio chinês que diz que todo homem em sua vida deveria pelo menos ter um filho, plantar uma árvore e escrever um livro. A moral do provérbio é que nós devemos passar por aqui deixando boas obras, rastros de luz, para que as pessoas se lembrem de nós com alegria, carinho e gratidão.

E então perguntamos: o que estamos fazendo para que a vida do próximo seja mais feliz e tranquila? Qual a nossa contribuição para que o nosso mundo seja melhor?

O personagem da nossa história só na velhice parou para refletir que a vida inteira saboreou as mangas plantadas por outras pessoas. Naquele momento, o máximo que poderia fazer era plantar um pé de mangas.

Deixemos de lado o nosso comodismo. Vamos integrar a lista dos beneméritos da humanidade, não pelas coisas grandes que façamos, mas pelos pequenos bens que espalharmos pelos caminhos que percorrermos.

Agora mesmo, uma criança aguarda o nosso amparo e orientação; um idoso roga atenção e carinho; um doente espera uma palavra de conforto ou uma prece.

Assim, fazer o bem, sempre, onde estivermos, é a melhor maneira de demonstrar gratidão pelas bênçãos que Deus tem nos proporcionado.

# O MAIS IMPORTANTE

NUM DIA DE VERÃO, EU ESTAVA na praia observando duas crianças na areia. Trabalhavam muito, construindo um castelo de areia molhada, com torres, passarelas e passagens internas. Quando estavam perto do final do projeto, veio uma onda e destruiu tudo, reduzindo o castelo a um monte de areia e espuma.

Achei que as crianças cairiam no choro, depois de tanto esforço e cuidado, mas tive uma surpresa: em vez de chorar, correram para a praia, fugindo da água, rindo, de mãos dadas e começaram a construir outro castelo.

Compreendi que havia recebido uma importante lição: tudo em nossas vidas, todas as coisas que gastam tanto de nosso tempo e de nossa energia para construir, tudo é feito de areia; só o que permanece é o nosso relacionamento com as outras pessoas. Mais cedo ou mais tarde, a onda virá e irá desfazer o que levamos tanto tempo para construir.

Quando isso acontecer, somente aquele que tem as mãos de alguém para segurar, será capaz de rir.

...

Esta reflexão, de autor desconhecido, mostra-nos o que é o mais importante nas nossas vidas.

Temos nos preocupado muito com a aquisição das coisas materiais. Trabalhamos durante muitos anos para comprar uma casa confortável ou um carro novo. Sacrificamos momentos de lazer, fim de semana, férias, porque queremos juntar dinheiro suficiente.

Não é proibido desejar mais conforto, morar melhor e ter mais segurança nas viagens. O problema está quando fazemos disso prioridade, em prejuízo de outras coisas que talvez sejam mais relevantes.

Muito comum é trabalharmos tanto para ficarmos ricos que quando conseguimos estamos doentes ou cansados para aproveitar o dinheiro. Ou, então, não acompanharmos o crescimento dos filhos, que se tornam adultos e se distanciam de nós, porque não lhes oferecemos carinho, atenção, presença, mas apenas a frieza dos bens e das facilidades.

Empolgados e ambicionando alcançar sucesso, seguimos sem nos preocupar com uma possível derrota. A confiança exagerada em nós mesmos e a firme determinação no propósito nos impedem de perceber que as coisas materiais podem ser destruídas pelas forças da natureza, ou trocam de mãos da mesma forma como o vento sopra para lá ou para cá.

Quando isso acontece, entramos em desespero e abandonamos a vida, já que a vida para nós era exatamente o tesouro que havíamos acumulado. Nele estavam o nosso coração, as nossas emoções e a razão de tudo. Recomeçar parece-nos difícil. Sentimo-nos sozinhos. As pessoas estavam conosco não pelas nossas qualidades. Assim como nós, também gostavam das mesmas coisas que possuíamos. Agora, sem nada, elas se afastam de nós.

Ilusão. Tudo ilusão. O mais importante para nós são os amigos verdadeiros que cultivamos. O relacionamento afetivo que sustentamos em bases verdadeiras de respeito, fraternidade e solidariedade.

Quando os nossos castelos de areia ruírem pelas ondas do mar revolto, será bom que tenhamos ao nosso lado pessoas cujas mãos possamos segurar e, sorrindo ao invés de chorar, sejamos capazes de começar a construção de uma nova vida, agora evitando os erros anteriormente cometidos.

E não nos esqueçamos de que ninguém estará sozinho e derrotado se tiver Jesus como amigo, nele encontrando a fortaleza da fé, a esperança no porvir melhor e a perseverança, para que o espírito possa ter paz, ainda que ao seu redor tudo esteja se desmoronando.

# A PRATA DE DEUS

UM GRUPO DE MULHERES ESTUDAVA a Bíblia. Quando estavam no capítulo 3 do Livro de Malaquias, elas se depararam com o versículo 3, que diz: "Ele assentar-se-á como fundidor e purificador de prata..."

Esse verso intrigou as mulheres e elas se perguntaram qual seria o seu significado. Uma das mulheres se ofereceu para descobrir como se processava o refinamento da prata e voltar para contar ao grupo na próxima reunião.

Naquela semana, essa mulher ligou para um ourives e marcou um horário com ele para acompanhar seu trabalho. Ela não mencionou a verdadeira razão de seu interesse, dizendo que era apenas curiosidade. Enquanto ela observava, o ourives mantinha um pedaço de prata sobre o fogo e deixava-o aquecer.

Ele explicou que no refinamento da prata devia se

manter a prata no meio do fogo, onde as chamas eram mais quentes, de forma a queimar todas as impurezas.

A mulher pensou em Deus mantendo-nos num lugar tão quente e difícil. Depois ela pensou na parte do verso que diz: "ele se assenta como um fundidor e purificador da prata". Ela então perguntou ao ourives se era verdade que ele tinha que se sentar em frente ao fogo o tempo todo em que a prata estivesse sendo refinada.

O homem respondeu que sim; ele não apenas tinha que sentar-se lá segurando a prata, mas também tinha que manter seus olhos na prata o tempo inteiro. Se a prata fosse deixada em demasia nas chamas, ainda que por um momento, ela seria destruída.

A mulher silenciou por um instante. Depois perguntou:

– Como você sabe quando a prata está completamente refinada?

Ele sorriu e respondeu:

– Ah! é fácil. Quando eu vejo a minha imagem nela.

...

Nós somos importantes para Deus assim como a prata é um metal precioso para o ourives. Mas para que sejamos purificados, devemos ser submetidos ao fogo das lutas e das provas terrenas, até que possamos refletir a imagem de Deus.

Muitos, porém, não estão preocupados com essas coisas. Querem para agora, sem qualquer esforço, prosperidade e felicidade. Vivem o dia a dia sem buscar o aprendizado e sem refletir sobre as questões importantes da vida, imaginando que a qualquer momento a sorte lhes sorrirá. E como isso não acontece com o passar do tempo, revoltam-se, tornam-se criaturas amargas e infelizes.

Mas ninguém pode se furtar ao cumprimento da lei divina. Por mais que relutemos, todos estamos sujeitos à evolução. Quando nos recusamos, o sofrimento bate à nossa porta e nos convida a refletir sobre os reais valores da vida. A doença, os conflitos pessoais, a perda de entes queridos e a miséria são chamas que queimam as impurezas do orgulho, da vaidade, do egoísmo e da prepotência.

Se observarmos a natureza, perceberemos que tudo está submetido ao trabalho perseverante e a lutas constantes. O exemplo da semente serve para nossa reflexão. Lançada na cova escura do solo, ali permanece aquecida e úmida aguardando as condições favoráveis do tempo, até que é obrigada a se esforçar para romper a casca grossa; em seguida, deve vencer o barro que lhe cobre, para só depois alcançar a claridade e o ar fresco. Também, terá que enfrentar os ventos fortes, o sol abrasador, a chuva torrencial e as pragas que lhe querem destruir. Em busca de água, finca suas raízes nas profundezas da terra, e então cresce para se tornar uma grande árvore e produzir as suas flores e os seus frutos.

Por isso, deixemo-nos purificar pelas lutas diárias, enfrentando-as com fé, coragem e determinação, burilando cada vez mais a nossa alma, para que um dia possamos refletir a imagem de Deus.

# DEFICIÊNCIAS

IMAGINEMOS QUE VOCÊ TIVESSE nascido surdo e cego. Certamente seria motivo de tristeza para seus pais e eles ficariam a pensar por que Deus os teria castigado dessa forma. Você mesmo, se conseguisse refletir a respeito, estaria se questionando sobre o significado da vida.

É assim que costuma pensar a maior parte das pessoas.

Primeiro, que qualquer problema, deficiência ou doença é castigo de Deus. Idealizamos um Deus à nossa semelhança, e então acreditamos que Ele, assim como nós, é capaz de fazer o próximo sofrer por simples prazer. Nós, na verdade, estamos bem distantes de compreender a misericórdia de Deus, que na Sua perfeição só permite que nos aconteça aquilo que é importante para a nossa felicidade.

Segundo, que uma deficiência é motivo para nada fazer, esperando que o próximo se compadeça da nossa infelicidade e resolva todos os nossos problemas. Se Deus nos coloca numa situação aparentemente pior, é para que possamos aprender a valorizar a vida e desenvolver as nossas potencialidades, muitas delas adormecidas.

Diversas pessoas chamadas deficientes são exemplos vivos de como o ser humano é capaz de superar problemas, revelando uma grandeza interior desconhecida. Recentemente, a televisão mostrou a história de pessoas sem a visão que se tornaram vitoriosas em diversas profissões e nos esportes. Mas existem alguns casos extraordinários.

Na Inglaterra, o cientista Steffen Halkins, tetraplégico, numa cadeira de rodas ligada a um computador, continua a transmitir o seu pensamento sobre as grandes questões da física. Da mesma maneira, o ator americano que representou o super-homem no cinema, paralítico depois de cair de um cavalo, iniciou uma luta em favor dos deficientes. No Brasil, o radialista Osmar Santos, que ficou com grande deficiência depois de um acidente de carro, agora se dedica à pintura.

Nós, pessoalmente, conhecemos um homem fabuloso, um brasileiro de Minas Gerais, chamado Jerônimo Mendonça Ribeiro. Aos 20 anos começou a ficar paralisado e em pouco tempo estava cego, imóvel numa cama, e só conseguia falar e ouvir. No entanto, era a alegria em pessoa. Por sua iniciativa e trabalho, fundou um centro espírita, duas creches, publicou livros e viajava pelo Brasil fazendo palestras, nas quais cantava e falava de Jesus. Faleceu aos 50 anos.

Encerramos esses exemplos falando da americana Helen

Keller. Nasceu surda e cega, mas aprendeu a falar e tornou-se escritora, advogada e oradora, fazendo palestras no mundo inteiro.

Se essas pessoas não se deixaram abater vivendo tão graves problemas, por que nós, que passamos por dificuldades muito menores, vamos desanimar?

Jesus disse: "vós sois deuses". Vamos, então, acreditar nesse deus que vive dentro de nós, enfrentar a vida sempre otimistas e alegres, com fé e coragem, sabendo que seremos vencedores.

Todos nós possuímos as nossas deficiências. Para uns, a deficiência é física ou mental. Para outros, a deficiência é financeira. Muitas vezes carregamos deficiências morais, que são piores do que as físicas. É necessário, portanto, que sejamos tolerantes e solidários uns com os outros, para que caminhemos todos juntos em busca da felicidade e sejamos logo pessoas eficientes na vivência do amor.

# ROTINA

"EU SEI QUE A GENTE SE ACOSTUMA. Mas não deveria. A gente se acostuma a morar em apartamento de fundos e a não ter outra vista que não sejam as janelas ao redor. E porque não se tem a vista, logo se acostuma a não olhar para fora. E porque não olha para fora, logo se acostuma a não abrir as cortinas. E porque não abre as cortinas, logo se acostuma a acender mais cedo a luz. E à medida que se acostuma, esquece o sol, esquece o ar, esquece a amplidão.

A gente se acostuma a acordar de manhã sobressaltado porque está na hora. A tomar café correndo porque está atrasado. A ler jornal no ônibus porque não pode perder o tempo da viagem. A comer sanduíche porque não dá pra almoçar. A sair do trabalho porque já é noite. A cochilar no ônibus porque está cansado. A deitar cedo e dormir pesado sem ter vivido o dia.

A gente se acostuma a não ouvir o passarinho, a não

ter galo de madrugada, a temer a hidrofobia dos cães, a não colher fruta no pé, a não ter sequer uma planta. A gente se acostuma a coisas demais para não sofrer. Em doses pequenas, tentando não perceber, vai se afastando. Uma dor aqui, um ressentimento ali, uma revolta acolá.

Eu sei, mas não devia... mandar-lhe esta mensagem, porque você está tão sem tempo. Mas é que a gente se acostuma a não ter tempo pra mais nada. E assim esquece de dar um oi para os amigos, de dizer "eu te amo", de beijar e abraçar quem nós gostamos. Eu sei, eu deveria não me acostumar mais...."

...

Esse texto é do escritor e poeta brasileiro Manoel Bandeira. Ele nos faz pensar como nos acostumamos com a rotina da vida e perdemos a oportunidade de viver momentos de muita alegria. A sociedade faz tanta pressão sobre nós que não temos forças para reagir. Alguém nos faz crer que estamos aqui na Terra para sofrer e ficamos resignados com isso. Ou somos tão acomodados que achamos que é melhor aceitar as coisas como estão, porque poderia até ser pior ou perdermos o que já temos.

Na verdade, estamos aqui para ser felizes. É claro que não podemos ser felizes em cima da desgraça alheia, mas podemos e devemos estar sempre pensando e trabalhando para melhorar a nossa vida. Acostumar-se à rotina é um vício do qual precisamos nos libertar. Porque a vida é bela e cheia de oportunidades. A ciência, a cada dia, está nos mostrando tantas coisas diferentes e dizendo que há muito mais ainda para se aprender. E para nós está bom acordar cedo, ir trabalhar, almoçar, assistir à televisão e dormir, passear no fim de semana e depois continuar sempre nessa mesma vida.

O ser humano é o mais inteligente criado por Deus e a nossa tarefa é o aprimoramento de nós mesmos e da sociedade. Alguém já disse que na vida ou nós somos o martelo ou somos a bigorna. Isso quer dizer que ou transformamos o mundo ou seremos transformados por ele. Se é assim, por que ficarmos parados esperando o tempo passar? Somos espíritos imortais e construtores do nosso destino. A felicidade está nas nossas mãos e não podemos esperar que ela caia do céus.

A rotina é desanimadora. Assim como a ferrugem vai consumindo a lataria, a rotina vai consumindo a nossa inteligência, a nossa alegria e a nossa coragem. Ficamos apáticos, tristes e doentes. Por isso, vamos achar coisas novas para fazer a cada dia. Pode ser aprender uma arte qualquer, como a música ou a pintura. Praticar um esporte; voltar aos bancos escolares; ser voluntário numa entidade assistencial; ler livros e adquirir mais cultura.

Além disso, e o mais importante, é não deixarmos cair na rotina os relacionamentos com outras pessoas. Vamos manter viva a chama do amor, da amizade ou da fraternidade. Vamos achar um tempo para dizer às pessoas que gostamos delas, vamos fazer um gesto de carinho, uma gentileza qualquer.

Vamos fazer do nosso dia um motivo de muita alegria para todas as pessoas com as quais convivemos, e então veremos a nossa vida ser cada vez mais feliz.

# O HOSPITAL DO SENHOR

FUI AO HOSPITAL DO SENHOR, para fazer um *check-up* de rotina, e constatei que estava doente. Quando Jesus mediu minha pressão, verificou que estava baixa, de ternura. Ao tirar a temperatura, o termômetro registrou 40 graus, de egoísmo. Fiz um eletrocardiograma e diagnosticaram que eu necessitava de uma ponte de amor, pois minhas veias estavam bloqueadas, por não abastecer meu coração vazio.

Tinha dificuldade para andar e não conseguia abraçar os irmãos, por ter fraturado o braço ao tropeçar na minha vaidade. Tinha miopia, constatada por não enxergar além das aparências. Queixei-me de não poder ouvi-lo, e o Senhor diagnosticou problemas em decorrência das palavras vazias do dia a dia.

Obrigado, Senhor, por não ter custado nada a consulta, pela sua grande misericórdia; mas, prometo, após ser medicado e receber alta do hospital, somente usar a homeopatia que me indicou, que são remédios naturais e que estão no receituário do seu Evangelho.

Vou tomar, ao levantar, chá de "obrigado, senhor"; ao entrar no trabalho, uma colher de sopa de "bom dia, irmão"; e, de hora em hora, um comprimido de "paciência", com meio copo de "humildade". Ah! Senhor, ao chegar em casa, vou tomar uma injeção de "amor"; e, ao deitar, duas cápsulas de "consciência tranquila".

Assim, tenho certeza, não ficarei doente e todos os dias serão felizes. Prometo prolongar esse tratamento preventivo, durante toda a minha vida, para que, quando me chamar, seja por morte natural. Obrigado, Senhor, e perdoe-me por ter tomado o seu tempo.

...

Somos bilhões de pessoas doentes no planeta. Do simples resfriado aos efeitos destruidores da AIDS, a humanidade sofre inúmeras doenças. E bilhões de dólares são gastos nos serviços médicos e na fabricação de remédios.

Ninguém gosta de sofrer e é natural que busquemos o alívio. Aliás, é nosso dever cuidar do corpo, pois ele é o nosso instrumento de vida aqui na Terra. Assim, se você está doente, não fique esperando a situação piorar para buscar ajuda, pois quando o fizer poderá ser tarde.

Melhor será, porém, não ficar doente. Mas para isso é preciso viver de forma equilibrada. Em grande parte, as doenças são provocadas pelos nossos abusos ou pela nossa negligência nos cuidados.

O cigarro, por exemplo, ainda tolerado pela sociedade, é o grande vilão dos problemas respiratórios e do câncer de boca, esôfago e pulmão. O excesso de bebida alcoólica destrói o estômago, o intestino e o fígado. E ambos provocam danos sérios no sistema circulatório, causando infartos, aneurismas e derrames.

Os nossos pensamentos interferem de forma determinante na nossa saúde. A pessoa otimista e alegre faz aumentar as suas defesas imunológicas. Mas a pessimista e triste abre as portas do seu corpo para os vírus e as bactérias, facilitando o aparecimento das mais variadas doenças.

Mas é chegado o tempo de nos preocuparmos também com as doenças da alma, que no fundo são as que provocam as doenças do corpo. As nossas imperfeições são tão desastrosas para nós como qualquer doença física. E o pior é que espalhamos esses vírus morais onde nos encontramos. Os piores são o egoísmo e o orgulho, que geram a indiferença e a prepotência. Por causa deles é que existem a miséria e as guerras, mantendo o sofrimento sobre a Terra.

Então, se é importante procurarmos os médicos para cuidar do nosso corpo, mais do que nunca devemos consultar o médico das almas, que é Jesus. Seu Evangelho é o remédio certo que curará o nosso espírito, amenizará as nossas dores e secará nossas lágrimas, para que nunca mais estejamos doentes e infelizes.

# CAMINHAR SEMPRE

QUANTAS VEZES NÓS PENSAMOS em desistir, em deixar de lado ideais e sonhos... Quantas vezes batemos em retirada, com o coração amargurado pela injustiça... Quantas vezes sentimos o peso da responsabilidade, sem ter com quem dividir.

Quantas vezes sentimos solidão, mesmo tendo pessoas à nossa volta... Quantas vezes falamos, sem sermos notados... Quantas vezes lutamos por uma causa perdida... Quantas vezes voltamos para casa com a sensação de derrota... Quantas vezes as lágrimas teimam em cair justamente quando precisamos parecer fortes... Quantas vezes pedimos a Deus um pouco mais de força, um pouco mais de luz...

A resposta acaba vindo, seja lá como for: Um sorriso, um olhar cúmplice, um cartãozinho, um bilhete, um gesto de gratidão, de amor... E a gente insiste! Insiste em prosseguir, em acreditar mais uma vez, em transformar, em dividir, em estar, em ser...

A gente insiste em seguir, porque sabe que tem uma missão a cumprir!

...

Viver na Terra é um constante aprendizado. Estamos aqui para conquistar inteligência e bons sentimentos. Mas essa conquista não vem de graça. É preciso empenho e muito, muito trabalho.

Caminhar por uma estrada plana é mais fácil, mas a nossa visão é limitada e só enxergamos pequeno espaço à nossa frente. Subir o monte é difícil, porque toda elevação requer de nós esforço e energia. No entanto, quando alcançamos o topo, a nossa visão se estende a um horizonte muito mais amplo.

Pelos caminhos da vida, nem sempre sabemos se estamos seguindo por aquele que nos levará à felicidade. Muitas vezes parecemos um viajante despreparado e sem o mapa que dá segurança. Nas encruzilhadas, acabamos escolhendo o rumo errado.

Enfrentando os obstáculos naturais, sentimos medo, fragilidade, solidão. Tudo parece difícil e sem solução. Choramos e nos sentimos pequenos, vítimas de uma fatalidade, incapazes de superar os problemas e vencer.

Então, quantas e quantas vezes pensamos em desistir de tudo, como se costuma dizer, chutar o balde. E não importam as consequências, porque não suportamos mais o sofrimento que tomou conta do nosso coração e os pensamentos desalinhados.

Se o problema é no lar, com a mulher ou o marido, parece mais fácil sair de casa ou procurar outra companhia que compreenda os nossos desejos, do que conversar para tentar encontrar uma solução que seja boa para ambos.

Nas dificuldades entre pais e filhos, muitos têm escolhido a indiferença e o abandono, sem pensar que talvez um pouco de paciência e tolerância seja suficiente para manter um relacionamento de respeito e paz, com proveito para todos.

Sem emprego e com dívidas, alguns imaginam que valha a pena tomar as coisas alheias, jogando para o alto os seus conceitos de honra e honestidade, esquecendo-se de que não vale ganhar a Terra e perder o Céu.

Em tantas e tantas situações desesperadoras, quantas vezes perdemos a fé em Deus e pensamos que é melhor tirar a própria vida, desconhecendo que a alma é imortal e que o suicídio apenas provoca sofrimentos muito maiores.

Seja qual for a situação, tenhamos paciência e perseverança no ideal superior. Deus, que nos convidou para essa missão na Terra, não nos deixaria sem os recursos necessários. O socorro certamente virá, um pouco mais cedo ou mais tarde, mas sempre a tempo para que possamos vencer.

# VELHICE

UM VELHO SÁBIO CHINÊS estava caminhando por um campo de neve quando viu uma mulher chorando.

– Por que choras? – perguntou ele.

– Porque me lembro do passado, da minha juventude, da beleza que via no espelho, dos homens que amei... Deus foi extremamente cruel comigo porque me deu memória. Ele sabia que eu ia sempre recordar da primavera da minha vida e chorar.

O sábio ficou contemplando o campo de neve, com o olhar fixo em certo ponto.

Em dado momento, a mulher parou de chorar.

– O que você está vendo aí? – perguntou ao sábio.

– Um campo de rosas – disse ele, e continuou: – Deus foi generoso comigo porque me deu memória. Ele sabia que, no inverno, eu poderia sempre recordar a primavera, e sorrir.

...

A velhice na Terra não precisa ser triste, frágil e ociosa. O corpo, sem dúvida, não resiste ao peso dos anos e difícil é mantermos sua plena capacidade. É natural o enfraquecimento das forças, mas o espírito pode conservar sua juvenilidade.

Quantos exemplos temos de pessoas com mais de 70 anos em plena atividade física e mental. E quantos jovens se mostram apáticos, sem ideais e sem ânimo para uma atividade produtiva, somente gozando os prazeres mundanos e perdendo seu tempo.

Muitos se entregam a uma efetiva aposentadoria, alegando que estão próximos da morte e que por isso de nada mais vale qualquer tipo de esforço. Esse é um pensamento materialista, que considera a morte o fim de tudo. Mas o espiritualista sabe que a vida continua e que toda conquista não se perde jamais.

É comum o idoso estar mergulhado no passado, recordando os momentos felizes, os sucessos e os amores. Isso pode ser bom, se estimula a vida e a alegria. Mas não se pode ficar aprisionado às lembranças e lamentar as dificuldades do presente, como se estas fossem castigos divinos.

Cada momento da vida traz suas próprias experiências. E esse período final de nossa passagem na Terra deve ser também de preparação para o retorno à Espiritualidade, com o aproveitamento do tempo para profundas reflexões, para melhorar os sentimentos e para se harmonizar consigo mesmo, com o próximo e com Deus.

Outras vezes, o idoso guarda triste lembrança de uma juventude irresponsável. Quantas bobagens se faz quando se é jovem; quantos erros se comete e quantas decepções se vive. Ainda assim, é preciso considerar que a consciência do erro soma para o acerto e que Deus nos concede novas oportunidades para o nosso crescimento.

Conservemos, pois, nossa juventude espiritual, considerando a seguinte reflexão de um desconhecido:

"Envelheço quando me fecho para as novas ideias e me torno radical...

Envelheço quando o novo me assusta e minha mente insiste no comodismo...

Envelheço quando meu pensamento abandona a casa e retorna sem nada...

Envelheço quando me torno impaciente, intransigente e não consigo dialogar...

Envelheço quando penso muito em mim mesmo e me esqueço dos outros...

Envelheço quando penso em ousar mas temo o preço da ousadia...

Envelheço quando permito que o cansaço e o desalento tomem conta da minha alma...

Envelheço quando tenho chance de amar, mas vence o medo de arriscar...

Envelheço quando paro de lutar..."

# GANHADORES E PERDEDORES

QUANDO A PESSOA GANHADORA comete um erro, diz: "Eu me *equivoquei*", e aprende a lição. Quando uma pessoa perdedora comete um erro, diz: "*Não foi minha culpa*", e culpa os outros.

Uma pessoa ganhadora sabe que a adversidade é o melhor dos professores. Uma pessoa perdedora se sente vítima ante a adversidade.

Uma pessoa ganhadora sabe que o resultado das coisas depende dela. Uma pessoa perdedora crê que a má sorte existe.

Uma pessoa ganhadora trabalha muito forte e gera mais tempo para si mesmo. Uma pessoa perdedora está sempre "*muito ocupada*" e não tem tempo nem para os seus.

Uma pessoa ganhadora enfrenta os problemas um a um.

Uma pessoa perdedora dá voltas e nem sequer se atreve a tentar.

Uma pessoa ganhadora se compromete, dá sua palavra e a cumpre. Uma pessoa perdedora faz promessas, não assegura nada, e quando fala só se justifica.

Uma pessoa ganhadora diz: "*Sou bom, mas vou ser melhor*". Uma pessoa perdedora diz: "*Não sou tão mal como muita gente*".

Uma pessoa ganhadora escuta, compreende e responde. Uma pessoa perdedora só espera até que chegue sua hora de falar.

Uma pessoa ganhadora respeita aqueles que sabem mais que ela e trata de aprender algo com eles. Uma pessoa perdedora resiste aos que sabem mais que ela e só se fixa em seus defeitos.

Uma pessoa ganhadora se sente responsável por algo mais que somente seu trabalho. Uma pessoa perdedora não se compromete e sempre diz: "*Faço o meu trabalho*".

Uma pessoa ganhadora diz: "*Deve haver uma forma melhor de fazer isto*". Uma pessoa perdedora diz: "*Esta é a forma como sempre fizemos*".

Uma pessoa ganhadora é parte da solução. Uma pessoa perdedora é parte do problema.

...

Todos nós queremos ser ganhadores. Mas é preciso estar atento às nossas conquistas. Sucesso social, dinheiro e poder nem sempre significam vitórias. As experiências humanas são passageiras, o que importa são as boas atitudes que incorporamos. São estas que identificam o nosso caráter e diferenciam o ganhador do perdedor.

Até pouco tempo, reconhecia-se a capacidade da pessoa pela sua inteligência, medida por testes que apontavam o seu QI. Hoje, admite-se a multiplicidade das inteligências e valoriza-se o QE, que significa quociente emocional. Quociente emocional é a capacidade da pessoa resolver situações de forma equilibrada e se sair bem no relacionamento com os semelhantes.

O texto transcrito no início aponta algumas situações que identificam o verdadeiro ganhador, aquele que está vencendo a si mesmo, que está conseguindo superar metas e realizar algo de positivo. Se observarmos atentamente, o ganhador é alguém que tem predicados morais elevados, é um homem de bem, preocupado com a harmonia social, com a felicidade do próximo. Já o perdedor tem olhos apenas para as próprias necessidades, pensa só em si mesmo, é o que poderemos chamar de egoísta.

Você, agora, deve estar se analisando, perguntando-se: sou um ganhador ou sou um perdedor? Se achar que é um ganhador, parabéns, mas não se acomode e siga adiante, porque terá pela frente muitas outras conquistas.

Se você se sentir um perdedor, não fique triste, porque Deus nos fez para sermos vitoriosos. Busque n'Ele as forças necessárias e perceberá que novos caminhos se abrirão para a sua felicidade.

# FERREIRO DIVINO

ERA UMA VEZ UM FERREIRO QUE, após uma juventude cheia de excessos, resolveu entregar sua alma a Deus. Durante muitos anos trabalhou com afinco, praticou a caridade, mas, apesar de toda sua dedicação, nada parecia dar certo na sua vida. Muito pelo contrário: seus problemas e dívidas acumulavam-se cada vez mais.

Uma bela tarde, um amigo que o visitara, e que se compadecia de sua situação difícil, comentou:

– É realmente estranho que, justamente depois que você resolveu se tornar um homem temente a Deus, sua vida começou a piorar.

O ferreiro, então, disse o seguinte:

– Eu recebo nesta oficina o aço ainda não trabalhado e preciso transformá-lo em espadas. Primeiro eu aqueço a chapa de aço num calor infernal, até que fique vermelha.

Em seguida, sem qualquer piedade, eu pego o martelo mais pesado e aplico golpes até que a peça adquira a forma desejada. Logo, ela é mergulhada num balde de água fria e a oficina inteira se enche com o barulho do vapor, enquanto a peça estala e grita por causa da súbita mudança de temperatura. Tenho de repetir esse processo até conseguir a espada perfeita. Uma vez apenas não é suficiente.

O ferreiro deu uma longa pausa, acendeu o fogo e concluiu:

– Sei que Deus está me colocando no fogo das aflições. Tenho aceitado as marteladas que a vida me dá, e às vezes sinto-me tão frio e insensível como a água que faz sofrer o aço. Mas a única coisa que peço é: "Meu Deus, não desista, tente da maneira que achar melhor, pelo tempo que quiser, até que eu consiga tomar a forma que o Senhor espera de mim."

...

Muito comum é ouvirmos comentários assim: Puxa! mas aquela pessoa é tão boa e sofre tanto. Ou: Como Deus permitiu que ele morresse sofrendo dessa forma? Ele sempre foi um bom homem, ajudava os outros!

Essa indignação peca contra a justiça de Deus. Como se pode duvidar da perfeição e da bondade de Deus? Melhor seria reconhecer a nossa ignorância e incapacidade de compreender a vontade do Pai criador.

Tudo que Deus permite que nos aconteça tem por finalidade o nosso aprimoramento. Lutas e dificuldades, problemas e conflitos são como que marteladas que a vida dá no aço da nossa alma, para que possamos adquirir beleza e resistência.

Alguns sofrimentos são naturais, decorrentes das opções e provas que escolhemos, com o desejo de melhorar. É, por exemplo, o atleta com dores musculares porque treinou bastante para ser o vencedor da maratona.

Outros sofrimentos são provocados pelos erros que cometemos. É o preso que foi condenado por ter matado alguém; ou o alcoólatra com cirrose hepática por ter bebido demais. E se a causa do sofrimento não pode ser encontrada nesta vida, a explicação pode estar nos erros de existência anterior.

Frente a essas aflições terríveis que pesam sobre os outros, não nos revoltemos contra ninguém e muito menos contra Deus.

Confiantes, ofereçamos o amor que ampara e a energia que corrige, fazendo luz onde por agora existe a escuridão.

E se somos nós que passamos pelas dores, compreendamos a importância delas para a nossa elevação espiritual e perseveremos sempre no bem, sabendo que este vencerá o mal e nos conduzirá à verdadeira felicidade.

# AUTOCONFIANÇA

QUASE ACREDITEI QUE EU NÃO ERA NADA, ao me tratarem como nada. Quase acreditei que não seria capaz, quando não me chamavam, por acharem que eu não era capaz. Quase acreditei que não sabia, quando não me perguntavam por acharem que eu não sabia.

Quase acreditei ser diferente entre tantos iguais, entre tantos capazes e sabidos, entre tantos que eram chamados e escolhidos.

Quase acreditei estar de fora, quando me deixavam de fora porque... que falta fazia? E de quase acreditar adoeci; busquei ajuda com doutores, mestres, magos e querubins.

Procurei a cura em toda a parte e ela estava tão perto de mim. Ensinaram-me a olhar para dentro de mim mesmo e perceber que sou, exatamente, como os iguais que me faziam diferente.

E acreditei profundamente em mim. E tenho como dívida para com a vida fazer com que cada ser humano se perceba, se ame, se admire de si mesmo, como verdadeira fonte de riqueza. Foi assim que cresci: acreditando. Sou exatamente do tamanho de todo ser humano.

E por acreditar, perdi o medo de dizer, de falar, de participar, e até de cometer enganos. E se errar? Paciência, continuo vivendo e, por isso aprendendo.

...

Vivemos num mundo em que só vale o melhor, o mais bonito, o mais rico, o mais inteligente, o mais poderoso. Aprendemos e estamos ensinando os nossos filhos a pensarem grande, mas na própria grandeza.

Por consequência, há um sentimento de indiferença tomando conta das pessoas. O que fazer se os outros sofrem ou não têm sucesso? O que não pode acontecer é eu ou os meus familiares sofrerem!

Não paramos para pensar que entre milhares só um será sempre o maior e o melhor. A grande maioria estará em piores condições, em segundo plano, sem destaque. E é muito possível que nós estejamos entre a maioria.

Precisamos mudar essa maneira de pensar e viver. A grande vitória que importa é a vitória sobre nós mesmos. É a conquista dos valores morais e da sabedoria. É o domínio sobre os nossos impulsos infelizes.

Estar no pódio e fazer sucesso é apenas um momento passageiro, pois o tempo se encarrega de destruir as nossas forças e a morte conduz para o esquecimento todos os vitoriosos da Terra.

Sabendo disso, não vamos desprezar ninguém e tampouco vamos aceitar ser diminuído pelos outros. Todos temos potencialidades e podemos fazer muitas coisas. Precisamos acreditar nisso, tendo coragem de enfrentar qualquer situação que a vida nos apresenta.

Não importa se vamos errar ou se alguém vai rir de nós. Diga assim:

"Eu olho para mim e reconheço que estou aprendendo e crescendo; que a cada dia estou melhorando; e que passo a passo estou caminhando pela estrada em busca da felicidade.

"E agora vejo que os outros não são perfeitos. Que são iguais a mim mesmo, com coisas boas para fazer; mas também com muitas dificuldades, que eles procuram ocultar, envergonhados."

Todos nós somos irmãos, filhos de um mesmo Deus.

Viajamos numa grande nave chamada Terra. E alcançar o porto seguro do reino dos céus depende do esforço que cada um faz para cumprir bem a sua tarefa, conforme lhe foi atribuída pelo Senhor da Vida.

# MUDANÇAS

TROCAMOS A COR DOS CABELOS, damos a eles o melhor corte, e às vezes somos tão resistentes em trocar alguns pensamentos, sem notar o quanto nos enfeiam. Colocamos óculos elegantes, lentes coloridas, mas nem sempre pomos no olhar um brilho de alegria de viver.

Fazemos plástica, esticamos a pele, verdadeiros malabarismos para um rosto mais "bonito", e quase nunca lembramos de que uma expressão serena garantiria mais de meio caminho andado. Tratamos os dentes, "compramos" sorriso, mas bem raramente sorrimos espontaneamente como o homem simples e sem dentes ou a criança.

Fazemos musculação, "correção" de seios, mas com que pouca frequência mostramos os reais sentimentos que levamos no peito! Obedecemos a rígidas dietas para ganhar ou perder peso, para sermos mais "elegantes", mas não questionamos se somos uma presença leve e agradável.

Baixamos o guarda-roupa, compramos roupas novas, buscamos andar na moda, mas não nos desfazemos de alguns hábitos, costumes e crenças antigas que nada somam ao presente. Vamos para outra casa, renovamos a mobília, trocamos de carro, mas resistimos a mudar por dentro, não tiramos o que está "velho", não damos nova direção ao nosso mundo interior.

Mudamos nossas relações, trocamos de amigos e queremos que os amigos mudem para satisfazer nossas necessidades. Assim prosseguimos perdendo pessoas que poderiam ser bênçãos em nossas vidas.

Não estará na hora de mudarmos a nós mesmos, mais profundamente, mais amorosamente, e colhermos de graça frutos de sabedoria que existem à nossa disposição? Que grande aventura será mudarmos um pouco por dentro toda vez que mexermos no lado de fora!

O Universo sempre apoia cada mudança bem feita. Será um novo desafio a cada novo dia!

...

Essa reflexão merece de nós alguma atenção. Nossa vida tem sido muito voltada para as coisas materiais e para as aparências exteriores. Nunca se cultivou tanto a beleza e nunca se buscou tanto o luxo como nos dias de hoje.

Não que seja errado querer ficar mais bonito ou ter uma vida mais confortável. Mas isso não pode merecer de nós atenção exclusiva, em detrimento do mais importante, que são os valores interiores.

Por mais esforços que façamos para manter a beleza física, usando produtos químicos, fazendo plásticas ou praticando esportes, não poderemos escapar da velhice e da morte física. E ainda que tenhamos todas as coisas que o dinheiro possa comprar, não seremos capazes de comprar em nenhum lugar a paz interior.

Precisamos mudar o nosso referencial de vida. A saúde e a beleza do corpo, o dinheiro e o conforto material são empréstimos de Deus para que possamos sublimar os nossos sentimentos e a nossa inteligência, que são os nossos verdadeiros bens.

Comecemos agora a trabalhar as nossas emoções. Usemos a disciplina contra nossos impulsos agressivos. Bondade nas nossas palavras. Gentileza nos gestos. Sinceridade nos compromissos. Sejamos prestativos e atenciosos com todos. Caridosos e justos com os fracos.

Vivendo com bons sentimentos, com a alegria, a simpatia, o otimismo e a fraternidade, seremos sempre belos e atrairemos a companhia e a amizade de muitas pessoas que completarão a nossa felicidade.

# ESPERANÇA

QUATRO VELAS ESTAVAM QUEIMANDO calmamente. O ambiente estava tão silencioso que se podia ouvir o diálogo que mantinham. A primeira disse:

– Eu sou a Paz! Apesar da minha luz as pessoas não conseguem manter-me, acho que vou apagar.

E, diminuindo devagarinho, apagou totalmente.

A segunda disse:

– Eu me chamo Fé! Infelizmente sou muito supérflua. As pessoas não querem saber de Deus. Não faz sentido continuar queimando. Ao terminar sua fala, um vento levemente bateu e ela se apagou.

Baixinho e triste a terceira vela se manifestou:

– Eu sou o Amor! Não tenho mais forças para queimar. As pessoas me deixam de lado, só conseguem se enxergar, esquecem-se até daqueles à sua volta que lhes amam. E sem esperar apagou-se.

De repente... entrou uma criança e viu as três velas apagadas.

– Que é isto? Vocês deviam queimar e ficar acesas até o fim.

Dizendo isso começou a chorar.

Então, a quarta vela falou:

– Não tenha medo criança, enquanto eu queimar podemos acender as outras velas, eu sou a Esperança!

A criança, então, com os olhos brilhantes, pegou a vela que restava e acendeu todas as outras.

...

A paz é um estado de vida que todos desejamos. A paz é essa serenidade interior que afasta preocupações, é a ausência de sentimentos de culpa, é uma sensação de leveza pelo dever bem cumprido.

Também queremos a paz exterior, representada pela convivência harmoniosa e tranquila com todos os semelhantes, sem desconfianças, sem medo de conflitos e ataques.

Mas, infelizmente, nossa vida é feita de momentos de paz e de guerra, de silêncio e de barulho, de calma e de conflito. E como os momentos de guerra são maiores, ficamos a pensar que nunca alcançaremos a paz definitiva.

A fé é o sentimento de confiança. Pode ser uma fé humana, essa que depositamos em nós mesmos e no próximo. Ninguém será feliz se não confiar nas suas potencialidades, na sua capacidade de realização e de construir alguma coisa boa.

Também não será feliz se não confiar no próximo, pois não possuímos todas as habilidades e possibilidades de resolver todos os problemas.

E quem não conquista a fé humana, não conseguirá desenvolver a fé divina, que é a confiança em Deus, o criador de todas as coisas. Mas, como os problemas costumam ser muitos e as soluções difíceis, muitas vezes a nossa fé parece se apagar, como uma vela que se consome.

E o amor é esse sentimento maior que nos aproxima uns dos outros, que nos leva a fazer a quem amamos todo o bem possível, até mesmo com prejuízo do nosso bem-estar. Amor que quer dizer respeito, atenção, afeto, dedicação, renúncia. Porém, como o amor em nós ainda é uma plantinha frágil, facilmente é atacado pelas ervas daninhas da posse e do ciúme, cedendo lugar para o ódio ou a indiferença.

Mas, enquanto houver a esperança, que é o sentimento que sabe esperar que o tempo a tudo transforme, sempre será possível recomeçar, sempre será possível reacender a chama dos bons sentimentos que existem em nossos corações.

Portanto, ainda que tudo esteja difícil, ainda que os problemas lhe pareçam sem solução, nunca perca a esperança, sabendo que Deus está aguardando que ergamos as mãos para os céus a fim de recebermos as suas bênçãos.

# NOSSO VALOR

NUM SEMINÁRIO, UM FAMOSO palestrante mostra uma nota de 20 dólares e pergunta:

– Quem quer esta nota?

Mãos começam a se erguer e ele continua:

– Eu a darei a um de vocês, mas antes, farei isto!

Então, ele amassa a nota e pergunta:

– Quem ainda quer esta nota?

As mãos continuam erguidas...

– E se eu fizer isto?

Deixa a nota cair no chão e começa a pisá-la e esfregá-la. Depois pega a nota, já imunda e amassada, e pergunta:

– E agora? Quem ainda quer esta nota?

Todas as mãos permanecem erguidas.

E ele fala:

– Não importa o que eu faça com esta cédula, ela ainda

vale 20 dólares. Isso também se dá conosco. Muitas vezes, em nossas vidas, somos amassados, pisoteados e sujos, por decisões que tomamos ou pelas circunstâncias que surgem em nossas vidas, e sentimo-nos desvalorizados, sem importância...

E prosseguiu:

– Creiam, não importa o que aconteça, jamais perderemos o nosso valor ante o Universo. O preço de uma vida não é determinado pelo que se faz ou se sabe, mas pelo que se é!

...

Que importante essa reflexão!

Muitos homens se supervalorizam. Cheios de orgulho e vaidade, prepotência e pretensão, consideram-se imbatíveis e superiores. Desprezam o próximo, como se fossem seres de outra espécie. Sem compaixão, humilham e escarnecem das fraquezas alheias. Quando vivenciam os seus problemas, não pedem ajuda, ainda que tudo esteja indo por água abaixo e o sofrimento seja grande.

Outros, porém, são atacados por complexos de inferioridade. Consideram-se as menores criaturas do Universo e se acham incapazes de fazer alguma coisa e de serem valorizadas pela sociedade. Pensam que nasceram para a miséria e a infelicidade. Por isso, deixam-se ser dominadas pelos autoritários e se entregam, sem lutar, às dificuldades da vida.

Mas todos nós temos o valor exato daquilo que Deus colocou em nossos corações. Não valemos mais ou menos.

Simplesmente valemos, porque Deus não faz diferença alguma entre os Seus filhos.

Ele dá a todos nós as mesmas oportunidades de crescimento e de felicidade. Como nos criou em momentos diferentes, é natural que encontremos espíritos mais sábios que outros, mais amorosos que outros.

Todos, porém, podem se melhorar, bastando trabalhar para conquistar. Não estamos aqui falando das coisas materiais, que são transitórias, mas dos valores indestrutíveis da alma.

Ainda que as condições na Terra não nos sejam favoráveis, ainda que nos sintamos pisoteados e enlameados pelas circunstâncias, não nos esqueçamos de que o amor de Deus permanece puro em nossos corações, assim como o diamante continua sendo uma pedra preciosa, apesar de guardado em cavernas profundas e escuras.

Valorize-se. Ame-se. Você é filho de Deus.

# ACREDITAR E AGIR

UM VIAJANTE IA CAMINHANDO em solo distante, às margens de um grande lago de águas cristalinas. Seu destino era a outra margem. Suspirou profundamente enquanto tentava fixar o olhar no horizonte. A voz de um homem coberto de idade, um barqueiro, quebrou o silêncio momentâneo, oferecendo-se para transportá-lo.

O pequeno barco envelhecido, no qual a travessia seria realizada, era provido de dois remos de madeira de carvalho. Logo seus olhos perceberam o que pareciam ser letras em cada remo. Ao colocar os pés empoeirados dentro do barco, o viajante pôde observar que eram duas palavras. Num deles estava entalhada a palavra ACREDITAR e no outro a palavra AGIR.

Não podendo conter a curiosidade, o viajante perguntou a razão daqueles nomes originais dados aos remos. O barqueiro respondeu pegando o remo chamado ACREDITAR e remando com toda força. O barco, então, começou a dar voltas sem sair do lugar em que estava. Em seguida, pegou o remo AGIR e remou com todo vigor. Novamente o barco girou em sentido oposto, sem ir adiante.

Finalmente, o velho barqueiro, segurando os dois remos, remou com eles simultaneamente e o barco, impulsionado por ambos os lados, navegou através das águas do lago chegando ao seu destino, à outra margem.

Então o barqueiro disse ao viajante:

– Esse porto se chama autoconfiança. Simultaneamente, é preciso ACREDITAR e também AGIR para que possamos alcançá-lo!

...

A nossa caminhada pela Terra nos reserva diversas surpresas. Nem sempre encontramos o caminho reto e limpo. E às vezes os obstáculos parecem invencíveis, montanhas que não conseguimos remover, abismos que não podemos transpor.

Muito comum é nos deixarmos abater, nos darmos por vencidos. Sofremos e nos conformamos, sem qualquer atitude de libertação. Mas quando o sofrimento cresce demais, o instinto de sobrevivência nos faz novamente caminhar.

E então saímos à procura de algo ou de alguém que possa acabar com o nosso sofrimento. Médicos, psicólogos e outros profissionais podem nos ser úteis. A religião, porém, é indispensável, porquanto nos liga a Deus, de onde provêm todas as forças e a intuição necessárias à vitória e ao nosso restabelecimento.

Não podemos nos esquecer, todavia, de que é preciso recobrar a autoconfiança. Ou seja, lembrar que na qualidade de filhos de Deus somos portadores de uma força interior que pode ser despertada, nos transformando em verdadeiros heróis, capazes de vencer qualquer dificuldade.

A nossa pequena história nos ensina que, para alcançarmos essa autoconfiança, que é um porto seguro nas tormentas da vida, precisamos remar com dois remos especiais: o acreditar e o agir.

Acreditar, com certeza, que é possível encontrar a cura para a nossa doença, mas também agir na busca do médico e do tratamento adequado.

Acreditar que a nossa situação financeira pode melhorar, mas agir, trabalhando sempre, seja qual for o serviço.

Acreditar que é possível se reconciliar com o desafeto, mas agir, estendendo a mão na tentativa de aproximação.

Diante dos problemas coletivos, acreditar que a miséria pode ser combatida, mas agir, oferecendo sua cota de auxílio aos mais necessitados.

Acreditar que a ignorância pode ser transformada em educação, mas agir, ensinando os que não tiveram as mesmas oportunidades de aprendizado.

Acreditar que a violência e a guerra podem terminar, mas agir, oferecendo paz e respeito para os que estão próximos.

Por fim, acreditemos que Deus está nos ajudando, mas que devemos agir fazendo a nossa parte, para nos tornarmos merecedores dessa misericórdia.

# SILÊNCIO

UMA DAS GRANDES PREOCUPAÇÕES de nosso pai, quando éramos pequenos, consistia em fazer-nos compreender o quanto a cortesia é importante na vida. Por várias vezes percebi o quanto lhe desagradava o hábito que têm certas pessoas de interromper a conversa quando alguém está falando. Eu, especialmente, incidia muitas vezes nesse erro.

Embora visivelmente aborrecido, ele, entretanto, nunca ralhou comigo por causa disso, o que me surpreendia bastante. Certa manhã, bem cedo, ele me convidou para ir ao bosque a fim de ouvir o cantar dos pássaros. Aceitei com grande alegria e lá fomos nós, umedecendo nossos calçados com o orvalho da relva. Ele se deteve em uma clareira e, depois de um pequeno silêncio, me perguntou:

– Você está ouvindo alguma coisa além do canto dos pássaros?

Apurei o ouvido alguns segundos e respondi:

– Estou ouvindo o barulho de uma carroça que deve estar descendo pela estrada.

– Isso mesmo... – disse ele. – É uma carroça vazia...

De onde estávamos não era possível ver a estrada e eu perguntei admirado:

– Como pode o senhor saber que está vazia?

– Ora, é muito fácil saber que é uma carroça vazia. Sabe por quê?

– Não! – respondi intrigado.

Meu pai pôs a mão no meu ombro e olhou bem no fundo dos meus olhos, explicando:

– Por causa do barulho que faz. Quanto mais vazia a carroça, maior é o barulho que faz.

Não disse mais nada, porém deu-me muito em que pensar. Tornei-me adulto e, ainda hoje, quando vejo uma pessoa tagarela e inoportuna, interrompendo intempestivamente a conversa de todo o mundo, ou quando eu mesmo, por distração, vejo-me prestes a fazer o mesmo, imediatamente tenho a impressão de estar ouvindo a voz de meu pai soando na clareira do bosque e me ensinando:

"Quanto mais vazia a carroça, maior é o barulho que faz!"

***

Essas lembranças de alguém desconhecido nos fazem pensar sobre a necessidade de estarmos enchendo a nossa carroça mental de sabedoria, para que a nossa boca fale sempre as coisas certas e, o que é mais importante, fale na hora certa.

É mesmo interessante observar que as pessoas vazias costumam falar muito, especialmente do que não conhecem. São aquelas que dão opinião sobre qualquer coisa e não têm qualquer compromisso com a verdade.

Pessoas assim ocupam indevidamente o nosso tempo e poluem o ambiente com palavras que não constróem e nem elevam. Passam a impressão de personalidade forte e inteligente. Em regra, porém, são pessoas inseguras e carentes, que assim agem porque querem atenção e desejam ser amadas.

Pensar antes de falar é um hábito que precisamos adquirir, porque as palavras têm força e podem influenciar quem as ouve. Ninguém será responsabilizado na Justiça pelo que pensa, mas certamente responderá pelos males que provocar com suas palavras.

É evidente que não se deve fazer voto de silêncio, porque o diálogo e a troca de informações são importantes para o nosso crescimento. Mas convém que se fale sempre sobre o bem, para proporcionar o amadurecimento das pessoas e servir de consolação e alegria a quem ouve.

# Do mesmo autor:

## Terapia da paz

**Donizete Pinheiro**

• Autoajuda • 14x21 cm • 200 pp.

O leitor amigo terá nesta obra a oportunidade de analisar com maior profundidade parábolas modernas, divulgadas aqui e ali pelas pessoas, e que permitem suaves reflexões sobre as nossas condutas.

É uma verdadeira terapia para a paz, tão necessária nestes tempos modernos de estresse e depressão, de incertezas e de angústias.

## Um olhar sobre a honestidade

**Donizete Pinheiro**

• Mensagem / Autoajuda • 14x21 cm • 176 pp.

Nestas reflexões, o autor demonstra como podemos ser melhores no dia a dia e como é possível ter uma convivência harmoniosa.

Em capítulos curtos, objetivos e de leitura agradável, podemos encontrar um caminho para a prática constante da honestidade, conhecendo um pouco sobre mentira, amizade, sinceridade, certo e errado, bem e mal, livre-arbítrio, hipocrisia, sexo e muito mais.

# Conheça também:

## Cora do meu coração

**Mônica Aguieiras Cortat**

• Romance mediúnico • 16x23 cm • 344 pp.

Cora, uma menina mestiça, nascida no século 19 no sul do Brasil, passa a viver junto de uma família tipicamente italiana. Ela tem um dom muito especial e, a cada passo de sua trajetória, vemos como é gratificante utilizar os talentos divinos na ajuda ao próximo. Encante-se você também com essa narrativa!

## Reparação um difícil - propósito

**Wanda A. Canutti • Eça de Queirós (espírito)**

• 14x21 cm • 256 pp.

Uma jovem mãe, iludida com a promessa de um amor verdadeiro, abandona o lar e o marido para fugir com o vizinho. Mas a vida não segue o caminho idealizado pela paixão.

No mundo espiritual, arrependida, solicita nova encarnação, tendo a oportunidade de renascer como filha do filho que abandonara, com o objetivo de amá-lo e apoiá-lo na sua velhice.

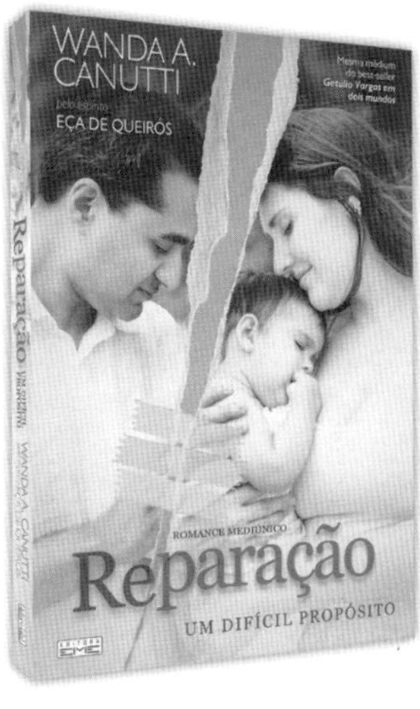

# Você precisa conhecer:

## Getúlio Vargas em dois mundos

**Wanda A. Canutti / Espírito Eça de Queirós**

• Romance mediúnico • 16x23 cm • 344 pp.

Getúlio Vargas realmente suicidou-se? Como foi sua recepção no mundo espiritual? Qual o conteúdo da nova carta à nação, escrita após sua desencarnação? Saiba as respostas para estas e outras perguntas, agora em uma nova edição, com nova capa, novo formato e novo projeto gráfico.

## O homem que mudou a história

**Geziel Andrade**

• Doutrinário • 16x23 cm • 264 pp.

O autor expõe o que de mais belo encontrou sobre a figura única e inesquecível de Jesus, trazendo os ensinamentos e exemplos deixados por ele a respeito de importantes assuntos. Um roteiro seguro que, se colocado em prática no cotidiano, auxiliará significativamente no caminho do crescimento interior.

## Leis de Deus - Eternas e imutáveis

**José Lázaro Boberg**

• Doutrinário • 16x23 cm • 272 pp.

A cada capítulo são analisadas questões intrigantes e muitas vezes polêmicas, como as características das leis de Deus, a origem e o conhecimento inato que os homens têm dessas leis, a definição de moral e a distinção entre bem e mal, além de uma abordagem objetiva sobre a justiça, o amor e a caridade.

---

*Não encontrando os livros da EME na livraria de sua preferência, solicite o endereço de nosso distribuidor mais próximo de você através do Fone/Fax: (19) 3491-7000 / 3491-5449.*
*E-mail: vendas@editoraeme.com.br – Site:www.editoraeme.com.br*